ことのは文庫

キライが好きになる魔法

湘南しあわせコンフィチュール

小春りん

MICRO MAGAZINE

雨宿りには苺を添えて……8
結婚生活は梅の味……48
手土産には真っ赤なトマト……106
涙の言い訳には新玉ねぎ……148
二日酔いには蜂蜜バナナ……204
エピローグには旬の桃……262
番外編　恋とよく似た丸いスイカ……272

Contents

The Confiture that makes you happy

キライが好きになる魔法

湘南しあわせコンフィチュール

——私の〝しあわせ〟は、てのひらの中にある。

雨宿りには苺を添えて

「ああっ、もう！　天気予報の嘘つき！」

六月は第一土曜日の昼下がり。

西富みのりは予想外の雨に打たれながら、神奈川県・藤沢の町をひた走っていた。

靴のヒールがアスファルトを蹴る音が、雨音に混じって閑静な住宅街に、むなしく響く。

いつの間にか迷い込んだ路地は迷路のような造りをしていて、目的地である【本鵠沼駅】に辿り着ける気配はなかった。

（とにかくどこかで雨宿りをして、現在地を確認してみなきゃ！）

このままでは、あっという間に悲惨な濡れ鼠になる。

と、そんなことを考えた矢先に、みのりは突き当りの曲がり角に深緑色のオーニング——日よけが出ているのを見つけた。

もう、あそこしかない！

まさに天のお恵み。

段々と強くなりだした雨脚に急かされるように、みのりは無我夢中でオーニングに向かって駆け出した。

「ひぃ……っ、ふぅ……っ！　キツぅぅ……！」

二十四歳、独身女性。いつの間にか全力疾走が辛い身体になっていたことを思い知らされて、切ないです。

それでもどうにか無事にオーニングの下に逃げ込んだみのりは、肩で息をしながら、頬に張り付いた髪を指ですくって耳にかけた。

「と、とりあえず、助かった」

つぶやいてから、ゆっくりと顔を上げる。

偶然見つけた雨宿り先は何かのお店なのか、商店街などでよく目にする古びたシャッターが閉まっていた。

シャッターには貼り紙がされており、武骨な文字で【不定期営業です。フジミ青果】と書かれている。

「フジミ青果……ってことは、八百屋さんかな？」

言われてみればなるほど、深緑色のオーニングは、昔ながらの青果店といった風情がある。

みのりが生まれ育った地元・静岡の商店街にも、ここと似た雰囲気の仲良し夫婦が営む青果店があり、なんだか少し懐かしい気持ちになった。

「今日は定休日なのかな。でも、日よけが出てて助かっちゃった」

再びつぶやいたみのりは、ようやく動悸が治まってきたのを感じながら、改めて自分の状況を確認した。

（あ……うん、最悪）

先日クリーニングに出して受け取ってきたばかりのスーツはしっとりと濡れているし、新調したてのパンプスは水を吸って足先が気持ち悪い。

仕事の書類関係が入っている鞄はなんとか両手で抱えて死守したけれど、外側はスーツほどまではいかないにせよ、ほんのりと湿っていた。

「携帯は……」

よかった、無事だ。

鞄のサイドポケットに入れっぱなしだった社用の携帯電話を取り出して画面をタップしたみのりは、そこに表示された文字を見てまた小さくため息をついた。

――六月六日、土曜日、十三時半。

休日出勤で迷子になった挙句に、予想外の雨に降られるなんてツイてない。

その上、本来の目的は未達成のままだった。

『西富、お前、今月こそしっかり働けよ！』

昨日、上司である（お説教好き）部長に言われた言葉が脳裏をよぎる。

「はぁ……」

今日何度目かもわからないため息をついたみのりは、オーニング越しに雨空を仰いだ。

社会人二年目。丸印出版（まるじるししゅっぱん）の企画営業部に所属しているみのりは、ノルマに追われる日々を送っていた。

今、担当しているのは〝おいしいシルシ〟というグルメ情報誌だ。

みのりは湘南（しょうなん）エリアの営業担当をしており、今日は朝から藤沢地区を中心に飛び込み営業を行っていた。

おいしいシルシは関東圏ではそこそこ人気がある情報誌で、その名の通りおいしい食べ物や、取り扱う商品のおいしいお店を紹介している。

毎月十日刊行で、買い手のほとんどが若い女性というのが特徴だった。

載っている写真もターゲット層に受けの良い、いわゆる〝映える〟ものでまとめられていて、情報誌としてのクオリティの高さが業界内でも評価されている。

ただし情報誌というやつは、ただ〝評判の良い雑誌〟というだけでは成立しないのだ。

広告料という利益があって初めて情報誌として成り立ち、世の書店やコンビニエンスストアなどに並ぶことができる。

結局、世の中は金だ。利益がなければ情報誌は作れないし、オシャレなお店や食べ物も載せられない——というのは前出のお説教好き部長の言葉である。

そして、その広告料を支払ってくれる相手を探すのが、みのりをはじめとした企画営業部の仕事だった。

企画営業部の人間には毎月厳しいノルマが課されており、達成できなければ部内で肩身の狭い思いをする。

「もう辞めたい……」

つぶやかれた弱音は、地面を殴りつけるように降る雨音にかき消された。

先月も先々月もみのりはノルマを達成できず、肩身の狭い思いをしたのだ。

だから、今月こそはという思いがあった。

それなのに現実は甘くはなく、今日は午前中に二軒、飛び込み営業をして断られた。

どちらのお店も『こんなご時世に広告費なんて支払っている余裕はないよ！』と、企画書すら受け取ってもらえずに門前払いだった。

更に昨日、長年広告を出してくれていた老舗店（しにせてん）から、『今後、お宅に広告を出すのは止める』という連絡があったこともみのりを追い詰めた。

「午後はもう、雨に濡れた子犬作戦で行くしかないかな……」

言葉の通り、ずぶ濡れ状態で相手先を訪ね、弱った姿を見せて同情を誘い、営業をかける作戦だ。

研修中、これは奥の手だぞ、なんて部長に聞かされたときには悪い冗談だと心の中で笑ったけれど、生憎冗談とも言いきれないと気がついたのは、〝営業ノルマ〟の厳しさを思い知ってからだった。

「少し……少しだけここで休んだら、また頑張れる」

言い聞かせるようにつぶやいたみのりは、手に持っていた携帯電話を鞄にしまった。

頬を伝う冷たい水は雨粒なのか、涙なのか——。

確かめてしまったら、きっと今すぐここから逃げ出したくなって、二度と戻ってこられなくなるだろう。

「——え、」

そのときだ。突然、ガチャリという無機質な音がみのりの鼓膜を揺らした。

弾けるように振り向けば、背後にあった古びた鈍色のシャッターがガラガラと音を立てて開かれた。

「……あれ?」

現れたのは、みのりよりも頭ひとつ半ほど背の高い男だった。

ふたりは互いに目を見合わせて、数秒間固まった。

「すみません、お待たせしちゃいましたか」

沈黙を破ったのは、男の穏やかな声と笑顔だった。

――ドキン、とみのりの胸が鳴ったのは、男の整いすぎた容姿と耳に心地の良い声音のせいに違いない。

(す、すごいイケメン出てきた)

みのりはまるで壊れた置き時計のように呆然(ぼうぜん)と、男に見惚(みと)れた。

清潔感のある黒髪短髪と、均整のとれた目元に細く筋の通った鼻。

シャープな顎のラインに、一見、軽薄そうにも見える薄い唇の下には小さなほくろがあり、異常なほど色っぽかった。

落ち着いた雰囲気はいかにも大人の男といった風だが、肌は健康的な小麦色だ。

イケメンは白シャツに黒のチノパン、デッキシューズに黒い腰巻きエプロンというシンプルな出で立ちでも映えるのだと感心する。

(このエプロン、なんていうんだっけ。あ……そうだ、確かソムリエエプロンだっけか)

「そのままでは風邪を引きますね。とりあえず中に入って、商品を見ながらお待ちください」

「え……?」

「今、タオルを持ってきますから」

と、男が不意にそう言って、やわらかく目を細めた。

そして男は、みのりの返事を待たずに踵(きびす)を返すと、店の奥へと消えてしまった。

（中に入って商品を見ながら待ってって……あっ！）

間違いない。みのりは店の客だと勘違いされたのだ。

男の姿が見えなくなって、ようやく我に返ったみのりの気は急いたが、勝手に店を出て行くのも失礼な気がして足踏みをした。

（ど、どうしよう。って、こうなったら、なにか野菜か果物を買っていくしかないよね？）

雨宿りをさせてもらったお礼と思えば仕方がない。

しかし、そんなことを考えながらお店の敷居をまたぎ、改めて中を見渡したみのりは、思わず目を瞬かせた。

「え……っ。なにこれ、すごい。綺麗！」

続いて、感嘆の声が口からあふれる。

イケメンが去ったあと、みのりの目に飛び込んできたのは、まるで宝石のように輝く彩り鮮やかな世界だったのだ。

目が覚めるような赤に始まり、黄色、オレンジ、緑、紫……それにベージュまで。

その上、店内はお菓子のような、それでいてフルーティーな爽やかで甘い香りに包まれていた。

（でも……あれ？　ちょっと待って）

けれど、ふと冷静になったみのりは、あることを思い出して動きを止めた。

そうだ、確かシャッターに貼られていた紙には、【フジミ青果】と書かれていたはずだ。

それなのに店内には、肝心の野菜も果物も見当たらない。

「っていうか、これって……ジャム？」

代わりに並んでいたのは、大中小、様々なサイズ・形をした色とりどりの瓶だった。

瓶はオシャレな無垢板のウォールシェルフに並べられているものや、青果店らしいシンプルな木箱に並べられているものまで色々ある。

「ちょっと待って、ここ、八百屋さんじゃないの？」

みのりは慌ててもう一度店の外に出ると、オーニングの下から顔を出した。

（あ。やっぱり、フジミ青果って看板が出てる）

ここに駆け込んできたときには雨を避けることに必死で俯いていたため気が付かなかったが、年季の入った薄汚れた看板が、二階の窓とオーニングの間についていた。

ということは、間違いなくここは青果店だ。でも、どういうわけか店内には野菜も果物も並んでいない。

更に、古めかしい外観とは正反対のスタイリッシュな内装は、昔ながらの青果店というよりは今どきのオシャレなカフェを思わせた。

（なんか……よくわからないお店かも）

田舎のおばあちゃんの家に遊びに来たのに、中に入ったら都内のマンションの一室だったみたいな違和感がある。

それなのに嫌な感じはせず、どこか懐かしさを覚えてしまう不思議な温かさのあるお店だった。

と、みのりが首をひねっていたら、先ほどの男が店の奥の引き戸を開けて戻ってきた。

「お待たせしました。これ、使ってください」

「え……あっ！」

手渡されたのは、肌触りのよい白いバスタオルだった。

無機質な蛍光灯の明かりの下では、白が一層眩しく見える。

「そのバスタオル、今タグを切ってきたばかりのおろしたてで、一度も使ってないものだから安心してください」

「え、えっと……」

「雨に降られたんでしょう？　軽く払うだけでも、濡れているところは拭いたほうがいいですよ」

そこまで言われて、目をパチクリさせたみのりは改めて、自分の成りを客観視した。

ここへ来て真っ先に社用の携帯電話が無事か確認したが、まずは濡れた身体を拭くべきだった。

「す、すみませんっ。こんな格好でお店の中に入ったら、床を汚してしまいますよね！」

いい大人なのにそんなことにも気が付かず、恥ずかしい。

すでに店の敷居をまたいだあとで何を言っても遅い気がしたが、髪から水滴を落としながら店内に入るなんて思慮不足にもほどがあった。

「タオル、ありがとうございます。実は今日、ハンカチを忘れてきてしまって……。すごく助かります。拭いたらすぐに出ていきますから」

「あ、いえいえ。そんなことは気にしないでください。っていうか、店の中で待っててと言ったのは自分ですから」

「でも……」

「むしろ自分が店をもう少し早く開けていたら良かったんですよ。気づかなくって、すみませんでした。でも、朝方に日よけだけは出しておいてよかったです。うちは日よけが出てると店が開いてる日だっていう、お知らせの一種にしてるんですよ」

男はそう言うと、ニッと八重歯を見せて笑った。

(イケメンなのに気遣いもできて優しいとか最強か)

「すみません、本当にありがとうございます……」

そして男は恐縮しながら身体を拭き始めたみのりからごく自然に視線を外すと、そばにあったアイアンの傘立てを外に出した。

そんな男の一連の動作を、みのりはドキドキしながら目で追った。

大きな背中に、広い肩幅。

シャツの上からでもわかるくらいに身体が引き締まっているところを見ると、何かスポーツでもやっているのかもしれない。

「お客様は、ここにいらっしゃるのは初めてですよね。今日は、ご希望とかありますか？」

「え……っ、あ……」

マズイ、どうしよう。

不意打ちの質問に、みのりは一瞬、嘘をついて客のフリをするべきか迷った。

けれどすぐにそれは無謀なことだと気がついて、咄嗟に視線を足元に落として黙り込む。

(私、ここがなんのお店なのか知らないもんね……)

「お客様？」

「す、すみません。実は今日は道に迷って、その途中で雨に降られて……。そしたら偶然このお店の日よけが出ているのが見えたものだから、雨宿りをさせていただいたんです」

身体を拭き終えたあとのタオルを胸の前でギュッと掴みながら、みのりは事実をありのままに伝えた。

自分が客ではなかったと知ったら男は嫌な顔をするかもしれない。

　けれど男は予想に反して、あっけらかんとした口調でみのりの不安を一蹴した。

「ああ、そうだったんですね。このあたりは地元のタクシー運転手でも、慣れてない人は迷子になったりするんですよ」

「そう……なんですか？」

「ええ。一方通行が多い上に、狭い道ばかりですから。でも、あなたのお役に立てたなら尚更、朝に日よけを出しておいてよかった」

　男の言葉と朗らかな笑顔に、今度こそわかりやすく、みのりの心臓がドキンと跳ねた。

　もちろん男は店員として、真っ当な対応をしているだけに過ぎない。

　しかし、いかんせんイケメンがすぎるせいで必要以上に胸にくる。

（イケメンは正義だわ……）

　おひとり様には贅沢すぎるご褒美だ。仕事で荒んでいた心まで、浄化されていくような気がした。

「それで、どこまで行かれる予定だったんですか？」

「え……。あ、えっと、本鵠沼駅に行きたくて」

「ああ、それなら、この先を真っすぐ行ってふたつ目の角を左に曲がると青いマークのコンビニがあって、そこまで出たら踏切と駅が見えますよ。うちの傘、お貸ししましょうか？」

言いながら男がまた踵を返して店の奥に消えようとしたので、みのりは慌てて引き止めた。

「だ、大丈夫です！　そこまでしていただくのは申し訳なさすぎます！」

「でも、ここから本鵠沼駅までは歩くと十分近くかかりますよ。この土砂降りの中、傘もささずに駅まで行くのは辛いと思うけど」

「う……っ」

たしかに男の言うとおりだ。

だけど雨宿りをさせてもらった上にタオルまで借りて、更に傘まで借りるなんてことはさすがに図々しい気がして怯(ひる)んでしまう。

「傘くらい、別に気にしなくていいですよ」

「でも……」

と、迷ったみのりは悩んだ末に〝あること〟を閃(ひらめ)き、パッと表情を明るくした。

「それなら！　駅に向かう前に、お店の商品を見せていただいてもいいですか!?」

「うちの商品を？」

「はいっ！　実は、さっきから気になっていたことがあって……。ここって八百屋さんですよね？　表にはフジミ青果と書いてあったのに、お店の中には野菜も果物もないから不思議に思っていて」

まくし立てるように言ったみのりは、足を一歩前に踏み出した。

ここまで親切にしてもらったのなら、お礼としてお店の商品を買って帰るのが筋だろう。

そもそもみのりは、この店の正体がなんなのか気になっていた。

やっぱり、青果店なのに何度見ても野菜も果物も置いていない。

並んでいるものは、大中小、彩り豊かな瓶だけだ。

甘い香りも変わらずに店内を包み込んでいる。

「これって、ジャムですか？　もしかしてこのお店は、ジャム専門店とか？」

ウォールシェルフに並んでいた瓶のひとつを手に取りながら、みのりが尋ねた。

瓶にはひとつひとつラベルがついていて、手に持った瓶には【Strawberry（ストロベリー）】と書かれている。

「最近はパンブームもあって、ジャム専門店も増えましたよね。でも、このあたりにもこんなに素敵なお店があったなんて知りませんでした」

そう言うとみのりは、人懐っこい笑みを浮かべた。

みのりが担当しているグルメ情報誌、おいしいシルシでは、これまで何度か湘南特集をしたことがあるが、このお店を紹介したことはない。

ということはもしかしたら、フジミ青果は最近オープンしたばかりの新しいお店なのかもしれない。

外観からはまさかこんなに素敵なお店だなんてわからないし、まだあまり周知されていないお店なのかも。

「老舗の八百屋さんと見せて、中に入ると実はジャム専門店っていうギャップを狙った感じですか？」

「ハハッ。そんな狙いなんかないですよ。外観が古いままなのは……まぁ、俺がそのままにしておきたいって気持ちがあるだけで。それと、この店に野菜も果物も置いてないのは、単に俺が野菜が嫌いだからってだけです」

「え？」

思いもよらない男の返答に、みのりはつい目を丸くした。

「子供の頃から苦手だったんですよ。野菜だけじゃなく果物も、あんまり得意じゃなくて。だからこの店には野菜も果物も置いてないんです。ガキみたいな理由でしょう？」

そう言うと男は、いたずらっ子のように口角を上げて笑った。

青果店なのに、自分が野菜嫌いだから野菜を売らない。

（たしかに、まるで子供のワガママみたいな理由……）

みのりが返事に困っていると、男はフッと口元を緩めて足を踏み出し、たった今みのりが手にしたものと同じ真っ赤な瓶を手に取った。

「それと、これはジャムではなくコンフィチュールです。つまり、うちはコンフィチュール専門店ってこと」

「コンフィチュール専門店？」

「そう。コンフィチュールはジャムと間違われることも多いんですが、実際はジャムとは似て非なるものなんですよ」

　男の言葉に、みのりはキョトンとしながら改めて手の中の瓶を見つめた。

　コンフィチュール……名前は聞いたことがあるけれど、それが具体的にどんなものかということまでは知らなかった。

「コンフィチュールは食材を保存することを目的としたもので、ジャムはぎっしり詰め込むという意味を持ったものなんです」

「そう……なんですね？」

「そう。作り方も、ジャムとコンフィチュールでは微妙に違うんです。ほら、よく見ると、コンフィチュールは果実の形がジャムに比べて随分残っているでしょう？」

「あ……確かに。これはちゃんと、苺（いちご）の形が残ってますね」

　まじまじと瓶の中身を見たみのりは、男の言葉に頷（うなず）いた。

　男の言うとおり、瓶の中にはゴロゴロとした苺の果実が入っている。

　対してみのりがよく知るジャムは、もっと果物が溶けてゼリー状になっているものだ。

「とはいえ、ジャムもコンフィチュールも使い方はほとんど同じです。パンに載せて食べたり、料理に使ったり……。よかったら、ちょっと食べてみますか？」

「えっ。そんなのありですか!?」

驚いたみのりの口からは、よくわからない返事が飛び出した。

それに虚を突かれた顔をした男を前に、ハッと目を見開いたみのりは、数秒間沈黙してから今度は苺のように顔を真っ赤に染めた。

「すっ、すみません、変な言い方して！　ちょっと興奮してしまって……」

恥ずかしい。穴があったら入りたいとは、このことだ。

そんなのありですか、ってなに。

普通に、「いいんですか？」って聞き返せばよかったのに。

「ふ……っ、ハハッ」

「え？」

「あ、いや、すみません。なんだか面白い人だなぁと思って」

けれど、予想に反して男はクツクツと喉を鳴らすと、楽しそうに笑った。

そして自身が持っていた瓶を棚に戻すと、みのりが持っていた瓶をヒョイッと軽やかに取り上げた。

「試食、普通にありですよ。ちょうど今朝、近所のパン屋で買ってきたバゲットがあるので、それに載せてみましょうか」

男は踵を返すと、みのりの返事を待つことなくまた颯爽と店の奥に消えてしまった。

そして、すぐにスライスされたバゲットの入ったバスケットと小皿、スプーンを持って戻ってくると、それをレジスター横の小さなカウンターの上に置いた。

「ほら、こっち。……きて」

イケメンに誘うように手招きされて、またみのりの心臓がトクンと跳ねる。

（さっきから無自覚なのか作戦なのか、ときどき敬語じゃなくなるのが、いちいちドキドキしちゃうんだけど……）

心の中でそんなことを思いながらも恐る恐る足を前に踏み出したら、心拍数が更に上がった。

「試食するのは、この苺のコンフィチュールでいい？」

「は、はいっ！　苺、大好きです！」

だけどもう、ここまできたらなるようになれだ。

咄嗟に叫んで背筋を伸ばせば、男はまたクスクスと面白そうに笑った。

「大好きならよかった。ちなみに俺は、苺もあんまり好きじゃない」

「えっ」

「だって、なんかブツブツしてて、おいしくないじゃん」

キュポンッ！　男の青果店の店員らしからぬ言葉を耳にした瞬間、瓶を開けたとき特有の気持ちの良い音が、店内に響いた。

続いて、苺の甘い香りがフワァっと漂い、みのりは思わず両目を閉じて深呼吸した。

（うわぁ……）

スーーッと鼻から息を大きく吸い込めば、それだけで気分が高揚する。

「めちゃくちゃ良い香りですね……。なんだか、子供の頃に行ったことがある……あ、いちご狩りのハウスの中にいるみたい」

うっとりとしながら頬をゆるめたみのりを見て、男はまた小さく笑った。

「……本当に面白いな」

「へ？」

「いや、なんでも。バゲットは少し焼いたほうが、もっとおいしく食べられるかもしれないけど……。今からお待たせするのは酷だろうから、今回は略式ってことで」

そう言うと男は、小皿にスライスされたバゲットを一枚載せた。

そして、たった今開けたばかりの瓶に銀色のスプーンを差し入れると、慣れた手つきでゴロッとした苺を器用にすくい上げる。

（わ……っ）

スプーンの上で、苺がルビーのようにキラキラと輝いていた。

ツヤッツヤの、とろっとろで、見るからにおいしそうだ。

それをバゲットの上に載せた男は小皿を手に取り、みのりの前に差し出した。

「はい、どうぞ。苺のコンフィチュールです」

「あ……ありがとうございます」

男から小皿を受け取ったみのりは、ゴクリと喉を大きく慣らして改めてじっくりと苺を眺めた。

なんて、ジューシーな見た目だろう。

そうだ、色は縁日の屋台のりんご飴（あめ）に似ている。

下のバゲットには苺の濃い果汁が染み込んで、見ているだけで食欲をそそられた。

「いただきます！」

たまり兼ねたみのりはバゲットを掴むと、自分の口の前まで持ってきた。

苺の甘くて爽やかな香りがたまらない。

我慢できずにハムッと一口で苺の果肉が載った部分を頬張れば、思わず口から言葉にならない声が漏（も）れた。

「んん〜〜〜っ」

口に入れた瞬間、苺からジュワっとあふれ出した果汁が口いっぱいに広がり、舌の上で溶けていく。

苺独特の、プチン、プチン、と弾けるような果肉感もしっかりあって、噛（か）めば噛むほど口の中が苺の旨みで満たされた。

　これはまさに、ほっぺが落ちてしまいそうな味。

（苺の宝石箱や〜〜〜!!）

「しあわせ……」

　大粒の苺はあっという間に、バケットと一緒に喉の奥に消えていった。

　なんとも言えない幸せな余韻に浸りながら、みのりは男が用意してくれた苺のコンフィチュールが載ったバケットをあっという間に食べ終えた。

「なんていうか、想像していたよりもずっとジューシーで、変に甘ったるくなくて、すごく上品なのに心が満たされるというか……」

　とてもおいしかった。

　とにかく最高においしくて、おいしすぎて、感動した。

　だけどそれを、上手く表現できない自分の語彙力のなさが恨めしい。

「んん〜〜ん。なんて言ったらいいかわからないんですけど、でもとにかくなんて言うか、ただただおいしくて――」

「わかるよ」

「……え？」

「言いたいこと、わかる。コンフィチュールは果肉がしっかり残っている分、素材そのものの味も楽しめるし、何より今は〝苺を食べた！〟って感じがして、不思議と心が満たされた……みたいな感じだろ？」

男の言葉にみのりがハッとして目を瞬かせれば、男はみのりの顔を覗き込むようにしてイタズラに笑った。

「俺も初めてコンフィチュールを食べたときに、同じように思ったんだ。素材の味そのものは残っているのに、ちゃんと別物になってるって。不思議だよな。野菜と果物が苦手な俺でもこれなら食べやすい、すごくおいしい。え、なんか面白いな……って思ったんだよ」

そう言うと男は、これまでとは打って変わって子供のように無邪気な笑みを浮かべた。

そして不意に睫毛を伏せると、どこか遠くを見つめるように目を細める。

男の視線の先には、蓋が空いた苺のコンフィチュールがあった。

茶色がかった瞳はなにかを懐かしんでいるような、それでいて何故かとても寂しそうにも見えて——みのりの胸の鼓動が不穏を知らせるようにトクンと鳴った。

「あの……？」

どうしてそんな顔をするんだろう。

聞きたいけどなんとなく聞けなくて、言葉に詰まったみのりは男の整った顔を静かに見つめた。

「……って、野菜と果物が嫌いでもコンフィチュールならイケるって、意味がわからないよな」

「へ？」

「まぁでも、そんな感じです。とりあえず、気に入ってもらえたみたいでよかった」

けれど、みのりの心配をよそに、男は先程までそうしていたように飄々とした様子で顔を上げた。

（私の気のせいだったのかな？）

思わずみのりは心の中で首をひねったが、みのりの視線に気付いた男はニコリと笑って言葉を続けた。

「というわけで、もし気に入ってもらえたならお土産にこちらのコンフィチュールを――」

「い、意味わかりますよ!?」

「え？」

「あっ、す、すみません！　えっと……つまり、コンフィチュールは野菜や果物が苦手な人でもおいしく楽しく食べられるってことですよね？　トマトがダメな人でもトマトケチャップなら大丈夫みたいな……」

咄嗟に男の言葉を遮ったみのりは、そこまで言うと左手を頬に添えて俯いた。

「今仰ってくれたことも、まさに私が言いたいことだったし、私にはちゃんと伝わりました。だから、えっと……つまり、なにが言いたいかというと……」

もう、しどろもどろで、自分でもなにを言っているのかよくわからない。

それでも今、どうしてかみのりは、なんとかして男を励まさなければと思った。

それは、男が突然寂しそうな顔をしたからかもしれない。

何故か、空元気に見えたからなのかもしれない――。

「わ、私、今までコンフィチュールがどういうものかわかってなかったんですけど。今、初めて意味を理解して食べたらすごくおいしくて……本当に、感動しました！　もう、その、なんて言うか……とにかくすごく、おいしかったです！」

そこまで言うとみのりは、「私のほうこそ意味がわからなくてすみません」とこぼして顔を赤くした。

(さっきから、なに必死になってるんだろう、私)

でも本当にコンフィチュールはおいしかったし、なにより店員さんにはすごく親切にしてもらったから、どうにかして元気づけたかった。

「あ、あの。だから、つまり――」

「……亮二」

「へ？」

「俺の名前、亮二っていうんです。店員さんって言われるの違和感あるし、名前で呼んでもらったほうがいいかな、と」

思いもよらない言葉に驚いて顔を上げたみのりは、顔を赤く染めたままで男――亮二を見つめた。

亮二はとても穏やかな笑みを浮かべている。

今度こそ、どこか寂しげに見えたのは幻かと思うほどに〝普通〟で、みのりは思わずホッと胸を撫で下ろした。

「ほ、本当に、名前でお呼びしてもいいんでしょうか？」

「もちろん。っていうか、ここに来る新規のお客さん以外のほとんどは、俺のこと名前で呼んでるから」

亮二は当たり前のことのように言うが、みのりは胸の奥をくすぐられたみたいな気持ちになって、亮二を真っすぐに見られなかった。

「わ、わかりました。そしたら……お言葉に甘えて、亮二さんって呼ばせていただきます」

「うん、どうぞ」

「え……えっと、それで、このお店にある商品は、フジミ青果さんが作ってるんですか？」

みのりが尋ねると、亮二は自身の腰に手を添えながら頷いた。

「ええ、そうです。っていうか今は一応、店主をやってる俺がひとりで作って、ひとりで売ってます」

「えっ⁉　亮二さんが⁉」

「はい。とはいえ俺の本業は別にあるので、週末くらいしか開けない不定期営業なんですけどね」

言いながら亮二は、空になった皿をみのりの手から受け取り、カウンターの端に置いた。

そして、そばの引き出しからウエットティッシュを一枚取り出すと、みのりに向かって「どうぞ」と差し出す。

「な、なにからなにまで、ありがとうございます」

「いえいえ、おいしく食べてもらえてよかったです」

当然、手を拭いたあとのウエットティッシュも亮二が回収してくれた。

(なんか……芸能人ばりのイケメンに、こんなにもいたれりつくせりされるなんて、このあと酷(ひど)いバチでも当たらないよね？)

なんて、ついつい馬鹿なことを考えたみのりは、蓋の開いたコンフィチュールを片付ける亮二を眺めながら――。

本当に今更ながら、〝ある現実〟を思い出して、カッ！と大きく両目を見開いた。

「そ、そうだった……」

「え？」

「酷いバチもなにも、このままだと週明けに部長に雷を落とされるんだった！」

唐突にわけのわからないことを口にしたみのりを前に、亮二が作業をしていた手を止めて振り返った。

亮二の茶色がかった瞳と、みのりの絶望に濡れた瞳が交差する。

「あ――！」

その瞬間、みのりは〝ある名案〟を思いついて再び目を見開いた。

そして一度だけゴクリと喉を鳴らすと、拳を強く握りしめる。

(そうだ……。そうだよ！　こんなにもいい物件があったじゃない！　これこそ、神様がくれたチャンスじゃないの!?)

「急に黙り込んで、ほんとにどうし――」

「あ、あのっ！　つかぬことをお伺いしますが、こちらのお店は広告掲載などご興味ありませんでしょうか!?」

「え？」

気が付くとみのりの、仕事スイッチが入っていた。

みのりは興奮気味に身を乗り出すと、肩にかけていた鞄の中から名刺入れとクリアファイルを取り出した。

　そのまま慣れた手つきで自分の名刺とファイルの中に入れられていたA4サイズの企画書を出し、まずは名刺を亮二の前にスッと差し出す。

「実は私、丸印出版でおいしいシルシというグルメ情報誌の企画営業をしております、西富みのりと申します」

「ま、丸印出版？　おいしい、シルシ……？」

「はい！　もしかして、おいしいシルシ、ご存知でしょうか？」

「え、ええ、まぁ……」

「ありがとうございます！　今日は湘南・藤沢地区で営業まわりをしておりまして、おいしいシルシにご興味を持ってくださる飲食店様を数店ご訪問させていただいていたんです。もしよろしければ、こちらの企画書に一度、目を通していただけませんか？」

　亮二の反応を見たみのりは、嬉々とした表情で用意していた企画書を手渡した。

　ついでに企画書と一緒に鞄に入れていた、雑誌の最新号も亮二に渡す。

　知っていてくれたなら話は早いし、余計に気合いも入るというものだ。

「これまで、なにかの情報誌等で広告を出したことはありますでしょうか？」

「いや……………ないけど」

「それなら是非一度、うちの媒体に広告を出しませんか!?　フジミ青果さんなら、ターゲットはおいしいシルシの購買層ともバッチリ、マッチすると思いますので！」

みのりの表情と言葉を見聞きした亮二は、思わず目を丸くした。

そして——しばらく沈黙したあと、今の今まで優しさを滲ませていた瞳から、スーッと線を引くように温度を消していった。

「おいしいシルシでは、パン特集もやったりしているんです！　だから、たとえばですけどそういうときに抱き合わせでフジミ青果さんの広告を掲載したら、すごく効果が期待できると思います！」

けれど興奮しているみのりは、今度は亮二の表情の変化に気づけなかった。

亮二はそんなみのりを前に睫毛を伏せると、手の中の企画書の表紙へと、とても静かに目を落とした。

「掲載のための費用や、広告制作の過程と方法につきましても、そちらの企画書に詳細を記載させていただいております！　おいしいシルシに広告を出すことで、フジミ青果さんをより多くの方に知っていただけると思いますし、なによりお店の売上アップにも繋がるはずです！」

力説したみのりは、内心で拳を強く握りしめた。

（よしっ。今日初めて、企画書の中身を説明させてもらえた！）

休日出勤したのに二軒に門前払いをされ、突然の雨に降られたときには何かの天罰かと思ったけれど、きっとすべてはここにたどり着くための布石だったんだ！

「……なるほど。じゃあ今日は、すでに午前中に何軒か、まわってきた感じだな？」

「え？」

「土曜日にも働いてるってことは、休日出勤だもんな。つまり、営業ノルマがヤバイってことだ」

けれど浮かれていたみのりは、亮二の口から出た思わぬ返事に、ギクリと肩を強張らせた。

なにを言われたのか一瞬理解が追いつかず、亮二の冷ややかな目に射貫かれ、ドクリと心臓が不穏に鳴る。

「あ、あの……？」

「で、午前中は何軒まわった？」

「あ……え、っと。藤沢駅近くのお店に、二軒ほどお伺いしました。それと今日はこのあと、以前から広告掲載いただいている、本鵠沼駅近くの店舗さんにご訪問をする予定で――」

「ああ、だから本鵠沼駅を目指してたのか。まぁでも、今の話を聞く限りじゃ全滅だろうな」

「え……」

「まず、午前の二軒は門前払いってところか。それにこれから行く店からは、掲載をやめるって連絡がきたんじゃないか？」

（……どうして、わかったの）

図星を指されたみのりは顔色を青くして固まり、絶句した。

何故、今、亮二にすべてを見透かされてしまったのか、わからないのだ。

なにより今、目の前にいる男は誰だろう。

ついさっきまで物腰やわらかで、穏やかなスーパーイケメンだったはずなのに、今の亮二はまるで別人だ。

厳しい口調はみのりに付け入る隙など与えてくれず、場の空気は先ほどまでの和やかさが嘘のように凍りついていた。

「帰ってくれ」

固まったまま動けずにいるみのりに対して、亮二はフッと鼻で笑うと、手に持っていた企画書とおいしいシルシを、無造作にカウンターの上に置いた。

「うちは、広告は出さない。わかったら、今すぐ帰れ」

瞳と同じく、冷たい言葉だった。

険しい表情を浮かべている亮二は、もうみのりのほうを見ようともしなかった。

「せ、せめて、企画書だけでも目を通していただけませんか……！」

それでもみのりは両足を踏ん張ると、食い下がった。

これまでだって何度も、営業先で邪険にされたことはある。何度も嫌みを言われたこともあったし、今のように冷たい態度を取られたことも日常茶飯事だ。

だから、こんなことはもう慣れっこ。悔しい思いをするのも、今のように冷ややかな目を向けられるのにも——残念ながら、もう慣れた。

「読んでいただけたらきっと、弊社の媒体に広告を掲載する魅力をわかっていただけるはずです！」

こうなったらもう、しつこく何度も何度も頭を下げて頼み込むしかない。

何故ならそれが、みのりの仕事だからだ。

今、ここにいるみのりが、やらねばならないことなのだから。

「必要ない」

けれど亮二は、必死なみのりを容赦なく一蹴した。

「逆に聞くけど、お前はどうしてうちの店に広告が必要だと思うんだ？」

「え……」

「金を払ってまで広告を載せるには、それ相応の理由があって然りだろう」

腕を組み、顎をツイッと上げた亮二は、淡々とみのりに尋ねた。

背後にはゆらゆらと黒いオーラを背負っているようにも見える。

まるで、悪魔だ。

ついさっきまで優しかった分、落差がすごい。

「そ、それは……先程も言いましたとおり、広告を掲載することでフジミ青果さんを多くの方に知っていただけるキッカケになることと、売上アップにも繋がると思うからです」

「でも、うちはさっきも説明したとおり、超不定期営業だし、俺には別に本業があるんだぞ？」

「は、はい。でも、おいしいシルシの購買層と、このお店のターゲット層がマッチすると思いましたし、広告掲載はフジミ青果さんにとっていいチャンスになるはずです」

みのりの言葉を聞いた亮二は、一瞬だけ考え込むように睫毛を伏せた。

けれどすぐに顔を上げると、再び力強い眼差しをみのりに向けた。

「……おいしいシルシの、購買層は？」

「若い女性です」

「ハッ。つまり、今お前が言ったことは全部、そっちに都合の良い理屈だってことだ」

「え……？」

「お前は今、〝おいしいシルシの購買層と、この店のターゲット層がマッチする〟と言ったけどな。うちの店の常連客のほとんどは年配者だし、遠方からくる客はほぼいない。昔からこの店をよく知ってるご近所さんたちが、この店のご贔屓さんなんだよ。営業をかけるなら、まずは先方のことをよく調べてからにするっていうのは、基本中の基本じゃないか？」

亮二の言葉を聞いたみのりは、今度こそ返す言葉を失った。

色とりどりの瓶が並ぶ、コンフィチュール専門店。

みのりは、きっとここに来る客のほとんどが、みのりと同世代の若い女性たちだろうと勝手なイメージを抱いていた。

それなのに現実は違った。さらに営業の基本まで解かれてしまっては、面目丸つぶれだ。

「それに俺は別に、この店に大量の客が来てほしいとも思っていないし、売上のためにこの店をやっているわけでもない。今言ったとおり、俺には別に本業があるし、こっちは半分趣味みたいなものだからな」

「で、でも、せっかくお店としてやっているなら、たくさんお客さんが来たほうが――」

「じゃあ仮に、客が殺到したとして、商品を作るのが追いつかなくなったら？　逆に店の評判は下がるんじゃないか？　たまたま常連さんが買いに来たときに、これまで当たり前に買えたものがなかったら？　その常連さんをガッカリさせることになるかもしれないとは考えないのか？」

そこまで言うと亮二は、「ふぅ……」と息をつき、ヤレヤレといった様子で首を横に振った。

「だから、お前が今言ったことは全部、そっちの一方的な都合だって言ってんだ。悪いけど、俺はただ、この店を今のままここに残しておきたいだけだし。今言ったように繁盛させようとも思ってないし、これからもマイペースにやっていけたらいいと思ってる」

――だから俺は、広告を出すつもりはない。

そこまで言った亮二は、再び真っすぐにみのりを見つめた。

その亮二の目を見つめ返しながら、みのりはグッと拳を握りしめた。

「ど……どうしても、ダメですか？」

「しつこいな。そもそも自分が一度も商品を買ったこともない店を、赤の他人に自信を持って勧められるのか？」

「それは……っ」

真っ当な指摘だ。やっぱり返す言葉が見つからない。

さっきから、ずっとそうだった。

亮二が言うことは正論ばかりで、みのりの返事はすべてその場限りの薄っぺらい弁明ばかりだった。

「というか、そもそも、そんなにノルマに追い詰められてるなら、今後のこともあるだろうし、一度ちゃんと上司に相談したほうが――」

「わ……私が、紹介したいと思ったからって理由じゃダメですか？」

「は？」

「さ、さっき食べた苺のコンフィチュールが、すごく、すごくすごく、おいしかったからっ。だから私は、もっと色んな人に、このお店のコンフィチュールを食べてほしいと思ったんです！」

亮二の言葉を遮って力いっぱい叫んだみのりは、肩にかけた鞄の紐を握りしめた。

今、口にしたことは、嘘じゃない。

ノルマの達成なんてことは関係なく、今伝えた言葉こそが、紛れもないみのりの本心だった。

「自分以外の人に、〝しあわせ〟の、おすそ分けをしたい。それが理由じゃ、ダメですか？」

みのりの言葉に、今度は亮二が息を呑んだ。

亮二は、なにも言い返せなかったのだ。

対して、みのりは亮二が自分に呆れて黙り込んだのだと考え、顔を伏せると声のトーンを落としてつぶやく。

「子供みたいなことを言ってしまって、すみません……。今、亮二さんが仰ったことは、なにひとつ間違ってないです。私の考えが、浅はかでした」

「…………」

「雨宿りだけでなく、タオルも貸してくださって、ありがとうございました。コンフィチュールも、ごちそうさまでした。せっかく親切にしてくださったのに、嫌な気持ちにさせてしまって本当にすみませんでした」

そう言うとみのりは一度だけ深く頭を下げた。

そして静かに踵を返すと、そのまま店の外へと出ようとした。

「ちょ……っ、待った！」

「え……？」

けれど、そんなみのりの腕を亮二が掴んで引き止めた。

反射的に振り向いたみのりは驚いて固まったが、亮二は「あー……」と声をもらして眉根を寄せると、たった今掴んだばかりのみのりの腕を、パッと離した。

「とりあえず、ちょっと待ってろ」

ああ、きっと。ぶっきらぼうな物言いをする亮二のほうが、素なんだろう。

時々くだけた口調になっていたのも、この、素の状態の亮二が顔を出していたからなんだろうな――と、みのりは亮二の姿を目で追いながら思った。

「これ、持ってけ」

ひとりで考え込んでいたみのりに亮二が手渡したのは透明のビニール傘と、小さな紙袋だった。

「これ……って」

「さっきお前が食べた苺のコンフィチュールの残りだ。あと……傘は、別に返さなくていいから」

亮二は、気まずそうにみのりから目を逸らす。

みのりは一瞬、それらを受け取るべきか悩んだが、地面を叩きつけるような雨音を聞いてしまい、結局お言葉に甘える選択をした。

「……なにからなにまで、本当にすみません。ありがとうございました」

傘と紙袋を受け取って、もう一度ペコリと頭を下げた。

そしてオーニングの下で傘を広げて足早に店を出ると、教えてもらった駅までの道のりを小走りに急いだ。

けれどその途中で足を止め、ふと、後ろを振り返った。

――フジミ青果。

ぼんやりと漏れる明かりは、やっぱりどこか温かい。

（野菜嫌いの店主がやってる、野菜も果物もない八百屋さん……）

その実態は青果店ではなく、コンフィチュール専門店だった。

考えてみたら、お店も亮二とよく似ている。

青果店と見せかけて、コンフィチュール専門店。

優しいイケメンと見せかけて、実は手厳しい悪魔だった亮二――。

「……なんてね」

グッと傘の柄を持つ手に力を込めたみのりは自嘲（じちょう）すると、未（いま）だに口の中に残る苺の甘さを感じながら、再び駅に向かって歩き出した。

結婚生活は梅の味

「おーい、西富。お前また部長に絞られたんだって？」

――企業戦士の朝は早い。

特に金曜日は、土日を無事に迎えるための準備で、朝からこまめなメールのチェックが欠かせない。

ただし、この男――朝日町卓（あさひまちすぐる）だけは例外だった。

無駄に長い脚をクロスさせ、品の良いスーツをスマートに着こなし、プリンターに片肘をのせている様は、いかにも仕事のできる男オーラがにじみ出ている。

「朝のミーティングでこっぴどく言われてたって、さっきそこで聞いたぜ」

「……朝日町はいいよね。うちの若手のホープは余裕の社長出勤ですか」

「はぁ？　今日はホテル・マイクロＴＯＫＹＯで打ち合わせしてから出社だって、昨日の帰りに言ったろ」

「えー、そうでしたっけぇー？　全然覚えてないんですけどぉー」

大袈裟にトントン！と音を立てながら印刷したての企画書をまとめたみのりは、「どいて」と朝日町の身体を押しのけ、自身のデスクに戻った。

「おいおい冗談じゃん、怒んなよ」

そんなみのりを、朝日町がコーヒーの入った紙コップ片手に追いかける。

「冗談に聞こえないし、でも別に……そんなことで怒らないよ」

「ならいいけど。って、まぁ話は戻るけどさ、仕方ないんじゃね？　このご時世、広告出してくれるところを探すのって簡単じゃないしさ」

隣のデスクに腰掛けた朝日町の言葉を聞きながら、どの口が言うか、とみのりは内心で毒づいた。

朝日町卓はみのりと同じく、丸印出版企画営業部に所属している、みのりの数少ない同期のひとりだ。

けれどいつでも営業ノルマに苦しめられているみのりと違って、入社二年目にして営業成績では常に上位に食い込む、会社の期待の星だった。

おまけに高身長、高学歴、爽やかなルックスと三拍子揃った、存在自体がやけにチートじみた男。

当然、社内の女子にも人気がある。

片やみのりは今、指摘されたとおり、朝から例のお説教好き部長にノルマの件でこっぴどく絞られ、今月も部内で気まずい思いをすることが予想される人物の筆頭だった。

「私は、もしもまた今月もノルマ達成できなかったらって思うと、部内のみんなに申し訳ないの。会社からすれば、ただの給料泥棒だし。月末を想像するだけで胃が痛い……」

「給料泥棒って、それはさすがに大袈裟じゃね？　そもそも先月ノルマ達成できてなかったのも、お前だけじゃないじゃん」

「それは……まぁ、そうだけど。でも、だからって私もノルマ達成できなくていいやって開き直れないでしょ。お給料をもらってる以上、やっぱり最低限ノルマくらいは達成しないとダメだと思うし、私だって……ちゃんと、頑張りたいし」

俯きながらみのりが言えば、朝日町は何が面白いのか「そうか」と、こぼして小さく笑った。

「いいんじゃね？　真面目で、お前らしくてさ」

「……私は朝日町が羨ましいよ。私もあんたくらいイケメンで、爽やかで、人たらしで、口がうまかったらなぁ」

「おい。それ、褒められてるのか貶(けな)されてんのか、わかんないんだけど」

コーヒーに口をつけた朝日町を、ちらりと横目で見たみのりは、改めて手元の企画書に目を落としてため息をついた。

朝日町は仕事ができるからといって、自分の優秀さを鼻にかけたりしない奴だ。

営業成果を上げるために、日々勉強と努力を重ねていることも、みのりはよく知っている。

こまめにクライアントのところに顔を出したり、企業に合った企画を提案するのがうまかったり、取引先の人の名前や趣味嗜好をきちんと覚えて仕事に活かしていたり……。

とにかくマメで、繊細な気配りができる男。

(同期だけど見習うところはたくさんあるし、仕事面では尊敬もしてるんだけど……)

「とりあえず、まだ今月もノルマ達成できないと決まったわけじゃないしさ。元気だせよ。今日は金曜日だし、仕事終わったらパーッと飲みに行こうぜ」

ぽん、と肩を叩かれたみのりは企画書をまとめていた手をピタリと止めて、おもむろに朝日町を見上げた。

「飲みに行こうって……あんた、付き合ったばかりの彼女がいるのに？」

「う……っ」

「まさか、また二ヶ月持たずに別れたの？」

みのりの鋭いツッコミに、朝日町は白々しく目を逸らして「ビンゴ」と、つぶやいたあと、またコーヒーに口をつけた。

「あんた……ほんと、毎回彼女と長続きしないよね」

ルックス良好、仕事もできる、人当たりも良いこの男に弱点があるとするのなら……そう、付き合った恋人と長続きしないことだろう。

「また、いつものように〝私はあなたについていけない〟って言われてフラレたの？」

「当たり。はぁ〜〜〜、っていうか女ってさ、なんで付き合った途端にアレコレ過剰に求めてくるのかな。家に着いたら一番に連絡してほしいとか、寝る前には長電話したいとか、朝のおはよう・いってきますメッセージは必ずしてとか……面倒な取引先よりも厄介じゃね？」

　眉根を寄せて腕を組み、再度「ハァ」とため息をついた朝日町は、仕事はできても乙女心を理解できない奴だった。

「色々ツッコミどころはあるけど、まず、なんでも仕事に結びつけるところがダメなんじゃない？」

「いや、結びつけてなくね？」

「いやいや、結びつけてるでしょ。比較相手が取引先ってところが彼女に失礼な気がするし、もうなんか……色々ダメだよ」

　みのりの指摘に朝日町は、「色々ってなんだよ」と不貞腐れたように唇を尖らせた。

　かくいうみのりも改めて聞かれると、〝おひとり様〟の期間が長すぎて、自分の意見に自信が持てない。

（でも、モテる男の人と付き合ったら、色んなことが心配で、〝安心を得るためにもマメ

な連絡がほしい〟って思う女子は多いんじゃないかなぁ）

もちろん、そんな心配もする暇がないくらい、彼女に愛を伝えていたら問題はないんだろう。

しかし生憎、朝日町はこまめに愛を囁くようなタイプには見えないし、どちらかというと彼女よりも余裕で仕事や友人関係を優先するタイプだ。

「朝日町ってさ、彼女にちゃんと好きとか言葉にして伝えてたの？」

「伝えてたよ。ちゃんとベッドの中では言ってた。だって、それもサービスのうちじゃん？」

「うわ……クズ」

「なんでだよ、普通だろ！　っていうか良い年して、そんな中高生みたいに好きだなんだ頻繁に言う奴のほうが嘘くさくてヤバイだろ」

熱弁する朝日町から目を逸らしたみのりは、うーんと唸って目を閉じた。

（確かに朝日町の言うことは、わからなくもないけど……）

やっぱり、女の子からすれば好きな男に「好き」と言われることは素直に嬉しい。

それなのに、ベッドの中でしか愛を囁いてもらえないとなれば元彼女は不安だっただろうし、その不安をわかってくれない朝日町に嫌気が差して当然だ。

「うん。やっぱり朝日町がダメだわ」

「なに、西富って毎日彼氏に好き好き言ってほしいタイプなわけ？」

「……その質問、普通にセクハラだからね。そもそも私、今は恋とか彼氏とか考える余裕ない。頭の中は、ノルマのことでいっぱいなんだから」

　正直に答えれば、今度はみのりが朝日町に「それはそれでどうかと思うぞ」と言い返されてしまった。

「まぁでも、俺ももうしばらくは彼女とかいいかなー、面倒くさいし。今は一日でも早くメディアマーケティング部に異動できるように実績作りたいし、彼女とか面倒くさいし」

『面倒くさい』を二回も言うなんて鬼畜（きちく）な奴め、とは、みのりももう敢（あ）えてツッコむことはしなかった。

　代わりに今、朝日町の口から出た単語を頭の中で反すうする。

　メディアマーケティング部——通称、メディマ部。

　それは、丸印出版でも選りすぐりのエリートたちが集まる花形部署のことだ。

　朝日町は入社当時からメディマ部配属を希望していて、今も虎視眈々（こしたんたん）と異動の機会をうかがっている。

「メディマ部かー。確か、数年前まで企画営業部のエースだった人が、今はメディマ部を牽引（けんいん）してるんだよね？」

「そうそう、俺、その人に憧れてるんだよ。だからいつか一緒に仕事ができたらと思ってて、彼女のことまで考えてる余裕なかった」

はい、それ言い訳――というツッコミは、やっぱり口にしても不毛な気がして、みのりは自ずと飲み込んだ。

朝日町ならメディマ部への異動も、きっと実現可能だろう。

そうなればメディマ部のデスクがある第一棟は隣のビルになるので、朝日町と顔を合わせることもなくなってしまう。

「ってわけで、今日は飲みに行こうぜ」

「……パス。私、帰ってやらなきゃいけないことあるし。あんたと二人きりで飲みに行ったら、ノルマ達成できない以上に周りから睨まれそうだし」

社内の女子からね、とは、やっぱり敢えて口にはしなかった。

けれど朝日町はみのりに言われずともわかっているので、「なんだよそれー」なんて言いながらも楽しそうに笑っていた。

「はぁ……疲れた」

その日、一時間ほどのサービス残業を終え、コンビニに寄って目当てのものを買ったみ

部屋。

なのに家賃は七万五千円という条件に惹かれて、大学生の頃から継続して住み続けている

JR川崎駅から徒歩七分という立地と、室内はリフォームされたばかりの二階の角部屋

みのりが住んでいるのは、川崎(かわさき)にある築四十年のオンボロアパートだ。

のりは、いそいそと帰宅した。

ただ、神奈川県内の大学に通っていた頃は良かったが、飯田橋(いいだばし)にある今の会社に通うには、通勤時間がそこそこかかるところが難点だった。

(とはいえ引っ越すとなるとそれなりの費用がかかるし、光熱費やインターネットの契約も し直さなきゃだし、段ボールの梱包(こんぽう)作業とか住民票の手続きとか普通に面倒くさいし)

なにより貴重な休みの日に、物件探しのためにあくせく動かなければならないのが最悪だ。

結局、仕事から帰って寝るだけなら、今のままでも十分というところに落ち着く。

「はぁ～～、お腹空いた」

スーツを脱いで部屋着に着替えながらそんなことを考えていたみのりは、コンビニの袋を持ってキッチンへと向かった。

「ちょっと、試したいことがあったんだよね」

そして胸を躍らせながら、買ってきたばかりの食パンと箱入りのバターを袋から取り出

すと、調理台の上に置いた。

朝日町の誘いを、『帰ってやりたいことがある』と言って断ったのはこのためだ。

（もちろん、女子社員に睨まれるのが嫌だったのも本当だけど）

また心の中でつぶやきながら、みのりはまず食パンを一枚、トースターで軽く焼き目がつくまで焼いた。

食パンが焼けるまでの間に、バターを箱から取り出し、包み紙を開けておく。

チン！という軽快な音が鳴ったら熱々の食パンをトースターから取り出して、すでに四角に切られているバターをその上に載せた。

そうすれば食パンの熱で、バターがジュワァっと溶け始める。

その様子を横目で見ながら、今度は冷蔵庫からキンキンに冷えた瓶を取り出すと、銀色のティースプーンを手に取った。

「あと一回分……」

手の中にある瓶の中ではつやつやな苺がひとつ、宝石のように輝いている。

みのりは瓶の蓋を開けると手にしたティースプーンで、その宝石をそっと優しくすくい上げた。

熱々の食パン、その上でとろけるバター、そしてさらにその上から、とろとろの苺のコンフィチュールをたっぷりの果汁と一緒に載せて――。

鼻先をおいしい香りがかすめた瞬間、思わず変な声が出た。

焼きたて食パンｗｉｔｈ溶けかけバター&苺のコンフィチュール載せの出来上がりだ。

罪深い見た目に仕上がったそれを両手で掴んだみのりは、口の前まで持ってくると再度鼻を鳴らして香りを堪能した。

「あぁぁあ～～ぁ……」

（ああ……。もう食べる前から、たまんない）

焼きたてのパン特有の香ばしい匂いが食欲をそそる。

最近はコンビニで売っている食パンもハイクオリティーなものが増えて幸甚だ。

「いただきます！」

我慢できなくなったみのりは、大きな口を開けると目の前の獲物に豪快にかぶり付いた。

ザクゥ……ッ！　瞬間、生地の弾ける小気味よい音が、耳を楽しませてくれる。

次にバターの旨みが舌の上で溶け、同時に苺から溢れた果汁が口の中に広がった。

「んん～～～っ！」

おいしさの大渋滞だ！

バターの塩気と、苺のコンフィチュールの上品な甘さが絶妙にマッチする。

まさに誰もが認める、相性抜群の組み合わせ。

一瞬で身も心も幸福感で満たされたみのりは思わず目を閉じて、味のときめきを余すところなく堪能した。

「はぁ……最後の一匙、終わっちゃった」

そうして食パン一枚をぺろりと平らげたあと、空っぽになった瓶を見てため息をついた。

あの男――フジミ青果の店主、亮二に貰った苺のコンフィチュールは、この一週間、仕事に出かける前や、今のように仕事終わりに大切に食べていたが、とうとう今、食べつくしてしまった。

「本当においしかったなぁ……」

口の中にはまだ、苺の爽やかな甘さと旨みが残っている。

今日は仕事が終わったら、一週間頑張ったご褒美として、今の食べ方をしようと決めていたのだ。

そのおかげか、朝から部長に怒られて気持ちが沈んでいたはずなのに、いつもより仕事も効率的にできた気がする。

それだけじゃない。一週間、家に帰ってきて冷蔵庫を開けたら苺のコンフィチュールがあることが嬉しくて、小さな瓶を見るたびに胸が躍った。

「また食べたいな……」

だけど今のみのりの心は、手の中の瓶と同じだ。

特別な楽しみがなくなってしまって、まるで心が空っぽになったような虚無感に襲われている。

(もっともっと、食べたかったな。でも——)

そのとき、ふと、フジミ青果の店主・亮二の顔が頭に浮かんだ。

すると今の今まで幸せに満たされていた心がささくれだって、つい眉間に深くシワが寄った。

『自分が一度も商品を買ったこともない店を、赤の他人に自信を持って勧められるのか？』

みのりはこの一週間、ことあるごとに亮二に言われた言葉を思い出していた。

おかげでこれまで、当たり前にしていた飛び込み営業にも支障が出たほどだ。

(これまではノルマ達成のために、目についた店には片っ端から営業をかけていたのに)

亮二に言われて以来、なんとなくそれができなくなってしまった。

「はぁ……どうしよう」

カチン、と瓶の中に入れたままのスプーンが音を立てた。

亮二の言うことは正しい。でも——結局はすべて、現実を知らない人間の綺麗ごとに過ぎないのだと、反抗心を抱く自分がいるのも確かだった。

だって現実は朝日町が言っていた通り、甘くはないのだ。

今の世の中、広告に限らず、仕事の中で利益を生むということが、どれだけ大変かという話。

（亮二さんは営業が、どれだけ過酷な仕事かってことをわかってない。だからあんな風に、もっともなことをもっともらしい顔をして、正義感たっぷりに言えるんだよ）

頭の中で一週間前の亮二に反論したみのりは、ふと玄関へと目をやった。

そうすれば傘立てに、みのりのものではない透明なビニール傘が立てかけられているのが見えて胸の奥がチクンと痛んだ。

「もう……疲れたから、今日は寝よう」

慌てて傘から目を逸らしたみのりは、空になった瓶をシンクに置くとバスルームに向かった。

そうしてその日はお風呂から上がってすぐに布団の中に潜り込むと、瞼を閉じて泥のように眠った。

「なんて良い天気……」

翌朝の土曜日。

朝起きて一通りの家事を終えたみのりは、晴れ空には不似合いのビニール傘を持って、昼過ぎに家を出た。

行き先はもちろん、フジミ青果だ。

目的は、借りた傘を返すため。

（って言っても、亮二さんには返さなくていいって言われたけど……）

心の中で自問自答しながらも、みのりはまず、ＪＲ川崎駅から東海道線に乗って藤沢駅を目指した。

そして藤沢駅で一度電車を降りると、小田急江ノ島線に乗り換え、本鵠沼駅で下車する。

改札を出たら梅雨の中休みに喜ぶ太陽が、みのりの足元を照らしてくれた。

鎌倉が梅雨期の紫陽花で有名なのは知っていたが、お隣の藤沢でもそこかしこで初夏を彩る紫陽花の花々が見られることを、みのりは今日初めて知った。

「たしか、こっちだよね……」

鮮やかな青と赤紫の花を横目に記憶を辿り、住宅街を歩いていく。

するとしばらくしないうちに、フジミ青果がある通りに出た。

「日よけが出てるってことは、営業中ってことだよね……？」

時刻は午後二時半をまわったところだ。

遠目から見る限りでは営業日であることを知らせる深緑色のオーニングも出ているし、

前回はしまっていたシャッターも開いている。しかし、それらを確認してから、みのりの足はその場に根を張ったように動かなくなった。

ドクドクと動悸がうるさいのは、きっと緊張しているせいだろう。

（もしかしたら、また追い返されるかもしれない。でも、いつまでもこんなところで眺めていても仕方がないし）

今日は、借りた傘を返しに来たのだ。

前回のように戦闘服であるスーツを着込んでいるわけではないし、企画書だって持っていない。

（……よし）

みのりは意を決して足を前に踏み出すと、ワンピースの裾を揺らしながらフジミ青果に向かって歩き出した。

そしてお店の前で足を止め、深呼吸をしてから中を覗こうとしたのだが――。

「えっ」

「わ……っ!?」

タイミング悪く、黒板式のA看板を外に出すために出てきた亮二と、店先でバッタリ出くわした。

（し、し、心臓に悪すぎる！）

驚いたみのりは、反射的に身をこわばらせた。

一週間ぶりに見る亮二はやっぱり極上のイケメンで、陽の光の下で見ると眩しさも増し増しだった。

対する亮二は、みのりを見て戸惑っている。

しかし、すぐに相手が〝あの〟みのりだと気がつくと片眉を持ち上げて、露骨に嫌な顔をした。

「お前……なんだ、懲りずにまた来たのか？」

続けられた言葉は、店主がお客に言うセリフではない。

ついでに言えば、雨に濡れたみのりにタオルを貸してくれたときの紳士さの欠片も感じられなかった。

「何度来られても、うちは広告なんて出さないから――」

「きょ、今日は、営業で来たわけじゃありません」

「……は？」

「先日借りた傘を、返そうと思って来たんです。あと、その……コンフィチュールを買って帰りたくて」

亮二の言葉を切ったみのりは、まず、手に持っていた傘を差し出した。

緊張から、視線が自然と下に落ちる。

亮二はみのりから傘を受け取ると、改めて訝しげに眉根を寄せて、真意を探るようにみのりを見た。

「……別に、返さなくてもいいって言っただろう」

「い、いえ。借りたものは返しなさいって、子供の頃から厳しく躾けられてきたもので」

実際は、言うほど厳しく躾けられてなんかいない。

それでもみのりがここへ来るには、『借りた傘を返す』という大義名分が必要だったのだ。

「あのときは傘を貸していただいて、助かりました。ありがとうございました」

「ああ……まぁ、それならよかった」

微妙な空気がふたりの間に流れる。

けれど、この後どうしよう――と、考え込んだみのりが俯きかけたとき、

「……お前、うちの広告契約は諦めたんだよな？」

不意に亮二の口から、思いもよらない質問が投げかけられた。

「……へ？」

一瞬、何を聞かれたのかわからず、みのりの口からは気の抜けた声が出る。

弾かれたように顔を上げれば、再びふたりの視線が交差した。

(今日は営業で来たわけじゃないって言ったのに……なんで、そんなこと聞くの？)

亮二の質問の意図が、みのりにはサッパリわからない。

仮にもし今、「諦めてない」と言えば前回のように追い返されてしまうのだろうか。

「帰れ」と言われて、険悪な空気になるかもしれない。

「わ、私は……」

ドクン、ドクン、とみのりの心臓は大きな音を立てて、身体に緊張を巡らせた。

きっと、この場合は「諦めた」と言うのが正解だ。

さすがのみのりでも、それくらいは察することができる。

「……っ」

しかしみのりは一瞬、口にしかけた言葉を飲み込むと下唇を噛みしめた。

そして太ももの横で握りしめた手に力を込めて、蚊の泣くような声で返事をする。

「……わかりません」

「お前なぁ……わからないって、どういうことだよ」

「そのままの意味です。確かに……私は一週間前、ノルマのためにうちの媒体に広告を出さないかって亮二さんに詰め寄りました。でも……今は、そのときとは気持ちが違ってきてるんです。だから、どうしたらいいのか、わからないんです」

みのりの返事に、亮二は眉根を寄せて押し黙った。

今度は亮二が、みのりの真意がわからないといった様子で沈黙する。

対してみのりは胸に手を当てると改めて、ひとつひとつの考えを整理しながら、言葉に変えた。

「もちろん、フジミ青果さんに広告を出してもらえたら嬉しいです。ノルマ達成にも近づけるし、新規のお客様を開拓できたことにもなるし、私としては願ったり叶ったりだから」

実際、ノルマに追われているみのりにとって、フジミ青果は魅力的なお店だ。

「でも今は、亮二さんに言われた言葉が大きなトゲみたいに心の奥に刺さってて、思い出すたびに気になって、考えずにいられないんです」

「俺に言われた言葉？」

「はい。自分が一度も商品を買ったこともない店を、赤の他人に自信を持って勧められるのか？って言葉です。正直に言えば、それはノルマの辛さを知らない人が言える綺麗ごとだとも思うけど……」

「…………」

「でも、口ではそう反発しても、綺麗ごとって割り切ることもできなかった。だから今日は、そんなふうに迷っている自分の思いを確かめるためにも、フジミ青果の商品を実際に買って帰ろうと……今、思いました」

そこまで言うとみのりは、再び握りしめた手に力を込めた。

本当はここに来るまでの間、ここまで深く考えていたわけではない。

だけど今、亮二に質問をされて、改めてひとつひとつの思いを口にしながら整理をしたら、たどり着いた答えがこれだったのだ。

そうしてみのりは顔を上げると真っすぐに、亮二の目を見つめた。

「だから今日は、フジミ青果のコンフィチュールを買わせてください」

「……この間、苺のコンフィチュールをやっただろ」

「はい。でもあれは買ったんじゃなくて、亮二さんにタダで戴いたものなので。今日はちゃんとお金を払って、商品を買って帰ります」

みのりの宣言を合図に、再びふたりの視線が交差する。

そっと目を細めた亮二は、みのりの心の奥を覗いて試しているようにも見えた。

反対にみのりは、未だに緊張で胸がドキドキしている。

亮二がどんな反応をするのか、何を言うのか。

考えれば考えるほど、怖くてたまらない——。

「き、きちんとお金を出して買った商品を食べてみて、それからまた自分がどうしたいのか、答えを出したいと思っています」

念を押すように言ったみのりは、無い胸を張って亮二を見た。

（もう、こうなったら、どうにでもなれ！）

対して亮二は、そんなみのりを前に瞼を閉じると、一度だけ小さく息を吐いた。

「……自分がどうしたいのかって、広告を出す出さないを決めるのは俺なんだけど？」

「そ、それはもちろん、そうですけど」

「まぁ、でも。ほんの少しだけ、進歩したかもな」

「へ……？」

「お前なりに、少しは考えたってことだろ？　まぁ……俺もこの間は、少し強く言い過ぎた感はあるし。悪かったな」

先に目を逸らしたのは亮二のほうだった。

ほんのりと耳が赤くなっている気がするのは、みのりの気のせいだろうか。

まさか亮二の口から謝罪の言葉が出てくるとは思わず、みのりは呆然としながら亮二の整った顔を見つめてしまった。

「あ、あの……」

「コンフィチュール、買って帰るんだろう？　だったら今日は自分で、好きなものを選べよ」

亮二は踵を返して、みのりに背を向けた。

「ほら、いつまでも呆けて、店先に突っ立ってるのはやめろ」

ぶっきらぼうな物言いは、やっぱり店主がお客にしていいものではない。

けれどみのりは、亮二の言葉に胸を躍らせずにはいられなかった。

「あ、ありがとうございます！」

そうして店内に足を踏み入れたみのりは、改めて中を見渡した。

すると無愛想な亮二の代わりに、爽やかで甘いコンフィチュールの香りがみのりを歓迎してくれた。

「やっぱり綺麗……」

色とりどりの瓶は何度見ても飽きることなく、目を楽しませてくれる。

前回は、ゆっくり商品を見ることができなかったぶん、改めて眺められると思うとたまらなくワクワクした。

「あ……」

と、ふと、亮二がいるレジスターに一番近い棚に目を向けたみのりは、そこにひとつだけ置かれた綺麗なオレンジ色の瓶を見つけて目を瞬かせた。

すごく、色の濃いオレンジ色だ。

近寄って見ればその小さな瓶には、見覚えのない英単語が書かれたラベルが貼られていた。

「これは……なんのコンフィチュールなんですか？」

「え？　ああ。それは、完熟梅のコンフィチュールだよ。ラベルにも書いてあるだろう」

「完熟梅のコンフィチュール？」

思わず聞き返したみのりは、改めて瓶についているラベルを見つめた。

（ああ、そっか）

【Ume】は一瞬、何かの略称かと思ったが、それはそのままローマ字読みで、【うめ】と読むのが正しかったらしい。

「梅のコンフィチュールなんてあるんですね。初めて見ました」

もちろん店内にはこれ以外にも、みのりが初めて見るものがたくさんある。

けれど今、どうしてか目の前の綺麗なオレンジ色に惹かれたのだ。

瓶の中身は近くで見ても澄んだオレンジ色をしていて、みのりがよく知る梅の代表、梅干しとはまるで違う見た目をしていた。

「別に、梅のコンフィチュールは言うほど珍しいってわけでもない。ただ、作れるのが毎年梅がとれるこの時季だけって話で」

「そうなんですね。じゃあ、期間限定商品みたいな感じですか？」

「そうなるな。まぁ、売れなければ店内には並び続けるけど。有り難いことに梅のコンフィチュールは毎年飛ぶように売れるんだよな。今日も、これがラスイチ」

「え！　もうこれが最後の一個なんですか!?」

思わずみのりは、素(す)っ頓狂(とんきょう)な声を出した。

亮二いわく、もうこれ以外の商品は午前中に売り切れてしまったということだ。

(最後の一個……)

みのりは改めてじっくりと、梅のコンフィチュールを眺めた。

最後の一個と聞くと、無性に手に入れたくなるのは人間の性(さが)だろう。

なにより、この綺麗なオレンジ色をした梅のコンフィチュールがどんな味をしているのか、みのりは気になって仕方がなかった。

(梅干しみたいに酸っぱいの？　それとも梅酒みたいに、甘くてまったりしてるのかな？)

おいしい想像ばかりが膨らんで、ゴクリと喉が鳴る。

「お前……ヨダレで店を汚すなよ」

みのりは慌てて、緩んだ口元を引き締めた。

「よ、汚しませんよ、失礼な！」

「ならいいけど」

からかい口調で言った亮二は色気を含んだ笑みを見せたが、極上の外見とは裏腹に、発言がややデリカシーに欠ける。

「一応、また完熟梅が手に入れば作る予定だけど、今年はもうこれで最後の可能性もなくはないな」

「そうなんですね……。でも、こんなに綺麗な色のコンフィチュールが今の時季しか作れないって、なんだかすごく残念ですよね。一年中店内に並んでたら、すごく目を引くと思うのに」

「あー、まぁな。だけど梅に限らず、どんな野菜も果物も放っといたら、いつかは傷んで食べられなくなるだろ？」

「まぁ、それは確かに、そうですけど」

「でもコンフィチュールは前回も言ったとおり、そもそもは〝食材を保存すること〟を目的としてるんだ。つまりコンフィチュールにすることで、野菜や果物の命を長持ちさせることができるってわけ」

そこまで言った亮二は腰に手をあて、棚に並ぶ色とりどりのコンフィチュールを眺めた。

「不思議だよな。コンフィチュールにすることで、今が旬の梅だって、長くおいしく味わうことができるんだぜ」

瞳が輝いて見えるのは、コンフィチュールの瓶に反射した光が映りこんでいるからだろうか。

亮二の横顔に見惚れたみのりは、慌てて我に返ると頬にかかった髪を指ですくって耳にかけた。

「つ、つまり、この梅のコンフィチュールがあれば、いつでもおいしくフレッシュな梅を楽しめるから、ちっとも残念ではないってことですか？」

「そういうこと」

そこまで言うと亮二は、子供のようにあどけなく笑った。

その笑顔を見たみのりの心臓は、不本意にもドキンと大きな音を立てる。

「まぁ、俺は野菜嫌いだし。もともとの素材の味のおいしさとか理解できないし、知ったこっちゃないけどな」

また、身も蓋もないことを言う。

（でも、これは……。顔がいいばっかりに、ギャップが思いのほか胸にくる）

と、そんなことを考えたみのりがふと思い出したのは、亮二と同じくイケメン類に所属する〝ある男〟のことだった。

（そういえば、朝日町も彼女と別れたことを仕事のせいにしたりして、子供みたいな面があるよね）

彼女ができても長続きしない、ハイスペック同期の朝日町。

おいしさが長続きする、コンフィチュール。

……ああ、そうだ。朝日町こそコンフィチュールを食べるべきかもしれない。

「それで朝日町は、コンフィチュールから長続きの秘訣を学ぶべきかも……」

「朝日町？」

「あ……す、すみません、なんでもないです」

思わず心の声が漏れてしまった。

慌てるみのりを亮二は訝しげに見ていたが、聞いても無駄なことだと察したのか、それ以上、深追いはしてこなかった。

「でも、今の話を聞いたら俄然この梅のコンフィチュールを食べてみたくなりました。色も綺麗だし、見てるだけでも幸せな気持ちになるし……。なによりやっぱり、最後の一個って聞くと魅力増しです」

「いいんじゃないか？　梅のコンフィチュールは色だけじゃなく、味も抜群だしオススメする」

その亮二の後押しが決定打となった。

みのりは早速梅のコンフィチュールを手に取ると、近くの棚に置いてあった購入予定のカゴを持ち、中に入れた。

「他に買うものあるのか？」

「あ、すみません。ちょっと知り合いへのお土産に、別のコンフィチュールも見たいなぁと思って……」

「――亮二くん、いるかしら？」

そのときだ。不意に聞こえた穏やかな声が、亮二を呼んだ。

ふたりが弾かれたように声のしたほうへと目を向ければ、綺麗な白髪が印象的な老婦がちょこんと、店先に立っていた。

「ああ、羽鳥さん。いらっしゃい」

亮二が返事をすれば、その老婦——羽鳥は、「あらあら」と言いながらみのりと亮二を交互に見た。

「ごめんなさい、接客中にお邪魔しちゃったかしら」

「いえいえ、そんなことないですよ。羽鳥さんなら、いつ来てもらっても大歓迎ですから」

亮二の対応は、とても柔和なものだった。

それだけで羽鳥が特別な客……常連客であると察せられる。

なにより今日、みのりがここへ来たときの応対とは大違いだ。

愛想のいい笑みを浮かべている亮二を見たみのりは、「やっぱり二重人格？」と真剣に問いたくなった。

「はじめまして。あなたも、ここのコンフィチュールのファン？　それとも、亮二くんのファンかしら？」

「え——」

「あ、もしかして、亮二くんの恋人さん？」

声をかけられたみのりは、ハッとして再び羽鳥へと目を向けた。

すると羽鳥は、みのりのそばで足を止め、ニコニコと嬉しそうに笑ってみせる。

「そうよねぇ。亮二くんも、もうお嫁さんをもらう年頃だものねぇ」

驚いた。突然声をかけられたことにも驚いたが、なによりその内容に、みのりは耳を疑わずにはいられなかった。

亮二のファン？　恋人？　お嫁さん？

「い、いえっ！　違います！　私はコンフィチュールを買いに来た、ただの客です！」

「あら、そうなの？　ごめんなさい。おふたりがお似合いに見えたものだから、てっきり良い仲なのかと思って」

良い仲……とは、それはもう、とんでもない勘違いだとみのりは恥ずかしさで耳を赤く染めた。

対して羽鳥は、フワフワとした笑みを浮かべている。

「お、お似合いだなんて。そんなこと、絶対にないです」

念を押すように言っておいた。

そしてチラリと亮二の様子を探るように見たみのりだったが――。

亮二がそれはそれは不本意そうな顔をしているのに気がついて、上がった熱も瞬時に冷めた。

「そうですよ。俺とコレが良い仲だなんて、絶対に、120%有り得ないです」

(言い方!)

トドメとばかりに、無敵の笑顔で断言される。

当然といえば当然だが、みのりはほんの一瞬でもときめいてしまった自分のチョロさが、恨めしくてたまらなかった。

「それで、羽鳥さん。今日はなんのコンフィチュールをお探しでしょう」

尋ねたのは亮二だ。

羽鳥はそんな亮二に対してまたニコリと微笑むと、穏やかに話を始める。

「今日はね、梅のコンフィチュールを買いに来たの」

「え?」

「あの人が好きだったから。今日は、あの人が喜ぶものを買って帰りたくって」

穏やかで、優しい声。

けれどみのりは、その凪いだ海のような声色の中に、小さな違和感を覚えた。

——あの人が、好きだった。

過去形で紡がれた言葉が、胸に引っかかったのだ。

「……そうか。もう、あれから一年が経つんですね」

対して亮二はすべての事情を知っているようで、落ち着き払った声で返事をした。

「ええ……そうね。過ぎてしまえばあっという間の一年だったけれど……。それでもこの一年は、人生の中でも一番長く感じたわ。それというのも当たり前にいたあの人が、もういなくなってしまったからなのよね」

——やっぱり。なんて、とてもじゃないけど口には出せない。

けれど、みのりの想いは顔に出てしまっていたのだろう。

羽鳥はすぐにみのりの心の機微（きび）に気がつくと、慌ててなんでもないことのように笑って話を続けた。

「ごめんなさい。せっかく素敵なコンフィチュールを買いに来たのに、突然やってきた私が暗い話なんかするから、あなたを嫌な気持ちにさせたわね」

「あ……。そっ、そんなことないです！　私のほうこそ、なんだかタイミングが悪くてすみません……」

「タイミング？」

「……はい。だって、この場に私がいなければ、心置きなく亮二さんと思い出話ができたのに。私がいるせいで気を使わせてしまって……逆に、申し訳なくて」

だから、ごめんなさい。

みのりが肩をすぼめて謝ると、羽鳥はキョトンと目を丸くして固まった。

「あ、あと……梅のコンフィチュールなんですけど、私が買おうとしていたものが最後の一個で」

言いながらみのりは、自身が抱えたカゴの中にあるオレンジ色の瓶を手に取った。

「よかったらこれ、どうぞ」

「え……。でもこれは、あなたが買って帰ろうとしたものでしょう？」

「はい。でも今、私よりもきっと、これを食べるに相応しいのは羽鳥さんだと思うので。だから、私は大丈夫です。代わりのものを買って帰ればいいだけですから」

言いながらみのりは、ふわりと笑った。

初対面で、「羽鳥さん」などと呼ぶのは失礼かとも思ったが、そう呼ぶ以外の方法が思い浮かばなかった。

幸い、梅のコンフィチュールはまだお会計前だ。

だから、お金のやり取りも必要ない。

「ってことで、亮二さん。私は別のコンフィチュールを――」

「お嬢さん、お名前を聞いてもいいかしら？」

と、みのりの声と羽鳥の声が重なった。

ハッとして、再び羽鳥に目を向けたみのりは、数回瞬きをしてから改めて、質問を頭の中で反すうした。

名前……今、名前を聞かれたのだ。

「あ……！　えっと、西富みのりと申します」

「みのりさん……。とても素敵なお名前ね」

思いもよらない返事に、みのりは目を瞬かせて固まった。

「え、えっと……」

「あなたは、そのお名前通り、心に大きな優しさを実らせた素敵なお嬢さんだわ。ありがとう。お気持ち、心から感謝します」

ふふっ、と声をこぼした羽鳥は、まるで可憐な少女のように可愛らしい笑みを浮かべる。対してみのりは、まさかそんなふうに言ってもらえるとは思わず、返事に迷って顔を赤く染め上げた。

「主人とはね、生前よく一緒に、フジミ青果さんに買い物にきていたの。でも、ちょうど一年前に長く患（わずら）っていた病気が原因で亡くなって……。今日は、その主人の命日だったのよ。だから主人の好物の梅のコンフィチュールをどうしても買いたくて、ここまで来たの」

話を聞けば羽鳥はフジミ青果から歩いて十五分ほどの場所に住んでいて、予想通り、フジミ青果の常連だった。

「でも、私はもう今日は十分、しあわせな気持ちにさせてもらったから、この梅のコンフイチュールはあなたが持って帰ってちょうだい」

「え……で、でも」

「もともとこれはあなたが買う予定だったものよ。横取りなんてしたら、きっと主人を怒らせちゃうわ」

「そ、そんなことないですよ！」

そこからはもう、押し問答になった。

互いに梅のコンフィチュールを譲り合い、どちらが買うべきかと不毛なやり取りが続いた。

「私は大丈夫なので、この梅のコンフィチュールは羽鳥さんが持って帰ってください！」

「でも……」

「あーもう、わかった。ふたりとも、もうそのあたりでやめとこう」

見兼ねて動いたのは亮二だ。

亮二はツカツカと歩いてくるとみのりの手にある梅のコンフィチュールを、ヒョイッと軽く取り上げた。

「あ……っ！」

「どっちが買うか決まらないなら、ここでふたりで食べていけばいい」

「え？」

思いもよらない提案に、みのりと羽鳥は目を丸くして固まってしまう。

「奥の部屋で、仲良くどうぞ？」

けれど亮二は、驚くふたりを横目にさっさと踵を返すと、奥に続く扉を開けた。

そして再度、「どうぞ」と口にし、ニヒルな笑みを浮かべる。

「で、でも、せっかくの旦那さんの好物なのに、ここで食べるなんて……」

「……亮二くんのお言葉に、甘えましょうか？」

「え？」

「だって考えてみたら、どうせ家に帰っても一緒に食べる相手はいないもの。それなら亮二くんの言うとおり、あなたと食べたほうがきっとおいしい気がするから」

羽鳥は、とてもやわらかく微笑んだ。

その笑顔を見たみのりはハッとして、亮二を見る。

すると亮二は壁にもたれながら、そっと目を細めて頷いた。

(もしかして、亮二さんはそのほうが羽鳥さんにとっても良いと思ったから……？)

亮二の意図に気づいてしまったら、もうみのりに断る理由はない。

そうしてみのりと羽鳥は亮二に促されるまま、フジミ青果のバックヤードに入った。


「……なんか、すごく懐かしい感じがする」

けれど扉の向こうにあったのは、バックヤードと呼ぶにはアットホーム過ぎる、THE・田舎のおばあちゃんの家だった。

まず、入って右手にあるノスタルジックなキッチンは、キッチンと呼ぶより台所と呼んだほうがしっくりくる。

ガラス戸の戸棚や、昭和レトロなホワイトタイルの壁、ステンレスのシンク。

真ん中に置かれた木製の四人掛けのテーブルの上にはたくさんの調理器具に空き瓶、砂糖や段ボールに入った食材などが、整理整頓されて並んでいた。

きっと、亮二はここでコンフィチュールを作っているのだ。

台所に立つ亮二を想像したら、朝ドラか何かのドラマのワンシーンのように絵になった。

「ふたりは、そっちで待ってて」

みのりたちが案内されたのは、台所と続き間になっている八畳の和室だった。

こちらもリビング——というより、居間と言ったほうがしっくりくる。

居間の中心にはちゃぶ台があり、亮二は部屋の隅に置いてあった座布団をふたつ畳の上に並べると、ひとりで台所に戻っていった。

ここに座れということだろう。

先に腰を下ろした羽鳥にならってみのりも座れば、懐かしさを感じる畳の香りが鼻先をかすめた。

目の前には、緑の木々が植わった庭に続く小さな縁側がある。

テレビはブラウン管式の太ったもので、もう何年も使われていないのかコンセントは抜かれた上に紙紐でまとめられていた。

(亮二さんって、ここで生活してるのかな?)

どことなく生活感はあるものの、亮二のスマートな容姿と家の中の雰囲気が合致しない。

亮二なら、どちらかといえば都内の高層マンションに住んでいると言われたほうが、違和感なく受け入れられる。

本業は別にあると言っていたし、会社員であれば、イケメン朝日町に負けないくらいにスーツも似合うに違いない。

(まぁでも、中身は野菜嫌いの二重人格で、子供みたいなところがある人だし——)

と、そこまで考えたみのりは、ふと隣にあった背の低い茶箪笥の上に写真立てがふたつ置かれているのを見つけて、視線を止めた。

けれどふたつの写真立ての内、ひとつは写真が見えないように伏せられている。

「ああ……懐かしいわね。ひぃくんと、やっちゃんだわ」

つぶやいたのは、羽鳥だ。

羽鳥はみのりと同じく写真立てに気がついたようで、表情を和らげた。

「あの……ひぃくんと、やっちゃんって……」

「亮二くんの祖父母にあたる人たちよ。元々このフジミ青果はね、ふたりが切り盛りしていた八百屋さんだったの。生前ふたりは、このあたりでは有名なおしどり夫婦だったのよ」

昔を思い出すように目を細めた羽鳥は、やわらかに微笑んだ。

古い写真にはフジミ青果の前に笑顔で立つ、壮年の夫婦が写っていた。

羽鳥の言葉が事実であれば、そのふたりは亮二の祖父母で、このフジミ青果はそもそも亮二の祖父母の店だったというわけだ。

(ということは、ふたりが亡くなったあと、亮二さんがこのお店を継いでコンフィチュール専門店にしたって感じかな?)

写真の中のふたりの顔に亮二の面影があるとは言えない。しかし祖父はスラリとした体躯(たいく)をしており、背格好はどことなく亮二と似ていた。

「あの頃は……この辺りの人はみんな、フジミ青果さんに野菜や果物を買いに来ていてね。隣近所は家族みたいで、うちの孫もよく、亮二くんたちとここで遊んでもらったのよ」

「羽鳥さん、お孫さんがいらっしゃるんですね」

「ええ、ひとり。今は縁あって、主人がやっていたお店を継いでくれているの」

ぽつりぽつりと話す羽鳥は、しあわせそうに微笑んだ。

当時のフジミ青果との思い出は、それほど素敵なものばかりだったということだろう。

（……そっか。ということは、羽鳥さんのお孫さんと亮二さんって、祖父母のお店を継いだって点で同じなんだ）

羽鳥の孫がなんのお店を継いでいるのかはわからないが、今の話を聞く限りでは良い関係なのは間違いない。

対して亮二は野菜嫌いなのに、何故よりによって青果店を継いで、ここでコンフィチュール専門店をやろうと思ったのだろう。

それも、儲け目的でもない、不定期営業で……。

（本職は別にあるって言ってたけど、普段は何をしているの？）

「あの、亮二さんはなんで――」

けれど、みのりが羽鳥に問いかけたところで、タイミング悪く亮二が戻ってきた。

「お前、羽鳥さんに何か俺の弱みがないか聞こうと思ってるんじゃないだろうな」

そう言った亮二の手には漆塗りのお盆が持たれており、その上にはティーセットとチョコレートブラウニーがふたつ載っていた。

「そ、そんなこと思ってません！」

「どーだか。弱みをダシに広告を取ろうとしても無駄だからな。俺は絶対に、お前のところにだけは広告なんて出さないし」

言いながら、ちゃぶ台の上にお盆を置いた亮二を、みのりは恨めしげに見つめた。

被っていた猫は、一体どこへやったのか。

見つけ出したら無理矢理にでも頭の上から被せて、もう二度と脱げないように接着剤で止めてやりたい。

「ふふっ。ふたりは、すごく仲良しなのね」

「いやいや、羽鳥さん。これのどこが仲良しと取れるんですか」

「あら、亮二くんがこんなに楽しそうにしているのを見るのは久しぶりよ？　子供の頃は、ここでよく見たけれど……。亮二くんは気がついていないだけで、みのりちゃんと話しているときは、ひぃくんとやっちゃんといたときみたいに楽しそうだわ」

不意にチカチカと、頭上の蛍光灯が点滅した。

羽鳥の言葉に、亮二は壊れた置き時計のように言葉を無くして固まった。

そして、不意に睫毛を伏せると、その視線を茶箪笥の上に置かれた写真立てへと滑らせた。

「……まぁ、確かにあの頃は、ここも賑やかでしたからね」

「ええ……そうね」

「って、世間話ばっかりしてたら、紅茶が冷めるし。もう、さっさと食べましょう」

点滅していた蛍光灯が、再び安定した明かりを灯す。

亮二はそれ以上、祖父母の話について触れようとはしなかった。

代わりにお盆に載せて持ってきた紅茶セットとブラウニーの載ったお皿をちゃぶ台に置くと、一緒に持ってきた梅のコンフィチュールの入った瓶を手に取って、蓋を掴んだ。

――キュポンッ！

瓶特有の、気持ちの良い開閉音が部屋に響いた。

続いて梅の豊潤な香りが鼻先を優しくかすめて、みのりは思わず目を閉じて深呼吸した。

「ふ、わぁ……良い香り」

「こっちのブラウニーは昨日、本業の取引先から貰ったもので、まぁまぁ値の張るいいやつだぞ」

亮二は口角を上げて笑った。その顔にはたった今、ほんの一瞬だけ見せた陰りは見られない。

そして用意していたティースプーンを持つと、オレンジ色の梅のコンフィチュールを大胆にすくい上げる。

黄金色に輝くそれは、頭上の蛍光灯の明かりを反射してキラキラと光っていた。

「すごい……。思った以上に果肉感がありますね」

その上、瓶から出しても、変わらず綺麗なオレンジ色のままだ。

「梅のコンフィチュールは、裏ごしをしてないからな。それに完熟梅を使わないと、この綺麗なオレンジ色にはならないんだよ」

言いながら亮二は、トランプほどの大きさに四角く切られたブラウニーの横に、梅のコンフィチュールをそっと添えた。

そしてそれを改めて、みのりたちの前に出す。

「さて。〝チョコレートブラウニー、完熟梅のコンフィチュール添え〟の出来上がりだ」

みのりと羽鳥の前に置かれたのは、濃厚なチョコレートブラウニーと、そのそばに添えられた梅のコンフィチュールだ。

濃いブラウンと、鮮やかなオレンジ色の対比は美しい。

「え……待ってください。ブラウニーと梅のコンフィチュールを一緒に食べるって、ちょっと、味の想像がつかないんですけど」

けれどみのりは、ふたつを見て困惑の声を出した。

だって、チョコレートと梅という組み合わせには違和感しかない。

甘いものと酸っぱいもの。実に対極にいるふたつだ。

敢えて一緒に食べなくても、それぞれ別々に楽しんだほうがおいしく食べられるのではないかと思ってしまう。

(普通に考えて、合わなくない？)

「いやいや、それが意外に合うんだよ。いいから、騙(だま)されたと思って食べてみろ」

けれど亮二は、あくまで一緒に食べることをふたりに勧めた。

仕方なくみのりは半信半疑で、勧められるがままに用意されていたフォークを手に取って、息を吐く。

「それじゃあ……いただきます」

そしてまずはフォークの先端で、梅のコンフィチュールをすくってみた。

プルプルの梅の果肉。どれだけ近くで見ても、鮮やかなオレンジ色だ。

まるで夕日を目の前で見ているような……。

そんなことを思いながらみのりは、続けてブラウニーをすくい上げた。

（ああ……せっかく綺麗だったオレンジ色が……）

濃いブラウンと混じって、少し色がくすんでしまう。

けれどみのりは思い切って口を開けると、自分がすくった梅のコンフィチュールとブラウニーを一緒に、口の中に押し込んだ。

（えーい、こうなったら、どうにでもなれだ！）

そして恐る恐る、口を動かしてみる。

そうすれば最初はブラウニーのチョコの濃厚な旨みが口の中に広がって――。

あとから、今まで体験したことのない爽やかな甘みと酸味が、味覚のすべてを喜ばせるように追いかけてきた。

「んん～～～っ！」

奥歯の近くから、ジュワァ～～と蜜があふれてくる。

梅干しを見たときの条件反射のアレと感覚は似ている。けれど酸っぱさだけでなく、まるで柑橘類を食べたときのような爽やかな甘さとほろ苦さが口の中を埋め尽くした。

(何これ、最高においしすぎる！)

梅のコンフィチュールの果肉の、プルプルとした食感が舌の上で踊っている。

慌てて用意されていた紅茶に口をつければ、またそこで新たな旨みが押し寄せてきた。

温かな紅茶。それに梅の甘さと酸味が溶けて、喉の奥を駆ける感覚がたまらない。

「……っ、これ！　この組み合わせ、最高においしいです！」

思わず頬に手を添えたみのりは、今にも溶け出しそうなほど顔を綻ばせた。

「そうだろ？　ブラウニーのチョコの濃厚な感じってさ、食べてると少ししつこい感じがして飽きることもあるけど、梅のコンフィチュールと一緒に食べると、爽やかさがプラスされて全然飽きのこない味になるんだ」

「ほんとにそれです！　それにブラウニーと一緒に食べることで、梅のコンフィチュールの酸味が緩和されて、食べやすいです～！」

熱のこもったみのりの言葉を聞いた亮二は、ちゃぶ台に頬杖をつきながら「だよな」と嬉しそうに笑った。

その笑顔を見たら、またみのりの鼓動がトクンと跳ねる。

不意に見せる無防備な笑顔は、やっぱり必要以上に胸にくる。

これも、おひとり様期間が長いことの弊害だろう。

「ふたつを食べたあとに、いただく紅茶もいいわね。口の中に残った甘さを喉の奥に流してくれて、紅茶の苦みと梅の甘みが合わさって、後味をすごくいいものにしてくれているわ」

と、羽鳥の言葉で我に返ったみのりは、慌てて羽鳥へと目を向けた。

まさに羽鳥の言う通りだ。ふたつは、相性抜群の組み合わせだった。

締めに飲む紅茶がまた、梅のコンフィチュールとブラウニーの良さを引き立てるのだ。

「私、梅のコンフィチュールって初めて食べましたけど、想像以上にフルーティーで驚きました」

まるで柑橘系の果物そのものを食べたみたいな満足感がある。

だけど梅特有の甘酸っぱさはきちんとあって、後味もいい。

鼻を抜ける香りも、梅酒を飲んだときのような芳醇で爽やかな、くせになるものだった。

「梅のコンフィチュールはヨーグルトにももちろん合うし、砂糖の代わりに紅茶に溶かして飲んでもいいし。更に料理の隠し味にも使えたり、とにかく用途多数で万能なんだよ」

確かに色んな組み合わせで楽しめそうだと、みのりは亮二の言葉を聞きながら思った。

そして、あっという間に残りのブラウニーと梅のコンフィチュールを口に運んで、食べきってしまう。

「……ごちそうさまでした」

綺麗に平らげたあと、みのりは改めておいしさの余韻に浸った。

心と身体の満足感がすごい。

まさか、チョコレートと梅がこんなに合うなんて思わなかった。

「本当に……おいしかったわ」

そのとき、羽鳥がぽつりと独り言をこぼした。

ゆっくりと顔を上げたみのりが目を向ければ、羽鳥は空になったお皿を眺めて、どこか遠くを見つめていた。

その横顔が寂しそうに見えたのは、きっとみのりの気のせいではないだろう。

「ブラウニーも……すごく、懐かしかったわ」

「次郎（じろう）さんが作るブラウニーも、すごくおいしかったですもんね」

言葉を添えたのは亮二だ。

やわらかに目を細めた羽鳥は、「覚えていてくれてありがとう」とこぼして、今にも泣きそうな顔で微笑んだ。

「次郎さん……って、もしかして羽鳥さんのご主人ですか？」

「ええ。生前は、小さな喫茶店をやっていてね。主人がそこでよく、ブラウニーを焼いて出していたのよ」

昔ながらの、小さな喫茶店。

そこでは近所の人たちがよく寄り合って、他愛もない話に花を咲かせていたという。

「身体を壊してからは営業できなくなってしまって……。でも、そのときには随分みなさんの声に励まされたわ。今は孫がお店を改装してカフェをしているから、お客様の層もすっかり変わってしまったのだけれど……」

中身が変わっても、そこで過ごした思い出が消えたわけではない。

だからこそ、今もあの場所を大切に守ってくれている孫には、感謝の思いでいっぱいなのだと羽鳥は嬉しそうに語った。

「主人はね、とても口下手な人だったんだけど。とても優しくて温かい人だったのよ」

「そうなんですね……。羽鳥さんとご主人は、素敵なご夫婦だったんですね」

羽鳥の言葉にみのりが応えた。

すると羽鳥は困ったように微笑んで、どこか寂しげに眉を下げて話の続きを始めた。

「そう……なら、いいんだけど。結婚生活は、思った以上に一筋縄ではいかないものだったわ」

「え？」

「だって、赤の他人同士が手を取り合って家族になって、互いの人生を歩むのだもの。いくら想い合っていたとしても、長い人生の中ではたくさんの壁にぶつかるし、悩むこともたくさんあるわ」

そこまで言うと羽鳥は、思い出に浸るように瞼を閉じる。

膝の上で握られた小さな手は、ほんの少し震えていた。

「それこそ……ああ、そうだわ。この、梅のコンフィチュールみたいだったわ」

「梅のコンフィチュールですか？」

「ええ。甘酸っぱい気持ちでいたときもあれば、苦い思いをしたときもあったし……本当に、色々だった」

瞼を持ち上げた羽鳥は、ちゃぶ台の上に置かれたコンフィチュールへと目を向けた。

「それに実は梅自体にね、主人との特別な思い出があるのよ」

「特別な思い出……ですか？」

「そう。主人は、元々大きな家の跡取りでね。でも、私はごく普通の家の娘で……。本当なら、結ばれるはずもないふたりだったの」

「え……」

思いもよらない話に、みのりは目を見張った。

まさか、羽鳥にそんな過去があったなんて。

身分違いの恋なんて、ドラマや小説の世界では見たことがあるけれど、実体験として話を聞くのは初めてだった。

「当然、両家の両親には猛反対されたわ。だから私たちは梅の花が咲く頃に、ふたりで家を捨ててこの町に逃げて来たの」

つまり、羽鳥と羽鳥の夫は駆け落ちしたということだ。

家も、身分も、すべてを捨てて一途に貫いた恋。

（すごい……）

そこまで想い合える相手に出会ったことのないみのりは、それがどれほどの覚悟でされたことかは簡単に想像することができなかった。

「この町の人たちは、逃げてきた私たちを優しく迎え入れてくれたのよ。それで今話したとおり、ご縁があって喫茶店を開いて……必死に、働いて生きてきた」

「そうだったんですね……」

「だから、毎年梅の花を見るたびに思い出すのよ。ふたりで手を取り合って、新しい道を選んだあの日のことを……。梅の花が見頃を迎えていて、咲き誇っていたときのこと。あれから六十五年という月日が流れた今でも、あの景色だけは鮮明に思い出せるの」

そこまで言った羽鳥の目には、美しい涙が光っていた。

みのりは膝の上で握りしめた手に力を込めると、音もなく微笑む。

「素敵な……思い出ですね」

「……ありがとう。でもね、私は、主人が亡くなったこの一年、ずっと考え続けていたことがあるの」

「何を考えていたんですか？」

「私はあのとき、本当に主人に家を捨てさせてしまって良かったのかって。私と出会わなければ、もしかしたら主人は何の苦労もせずに、もっとしあわせな人生を歩んで、長生きできていたんじゃないかって――」

強く吹いた風が、ガタガタと窓硝子（まどガラス）を揺らした。

羽鳥は、半分に減った梅のコンフィチュールの瓶から目を逸らすと、一度だけ小さく息を吐いた。

「ごめんなさいね、こんな話ばかりしてしまって。せっかくおいしい梅のコンフィチュールをいただいたのに、台無しにしてしまったわね」

そのまま羽鳥は苦笑いをこぼすと、「ごちそうさま」と言って両手を合わせた。

そして改めて亮二にお礼を言って、そばにおいてあった鞄から小さながま口の財布を取り出した。

「コンフィチュールのお代、払わせていただきますね」

律儀な羽鳥に対して、それまで話に耳を傾けていただけだった亮二は慌てて首を横に振る。

「いや、お代は結構です」

「だめよ。お店の商品を食べさせていただいたのだもの。きちんと支払いはさせてちょうだい」

力強くも優しい口調だった。

そんなふたりのやり取りを眺めていたみのりは――再び膝の上で握りしめた手に力を込めると、息を吸って、口を開いた。

「――しあわせ、だったに決まってます」

亮二と羽鳥は反射的に顔を上げて、ちゃぶ台の前で正座をしながら背筋を伸ばしているみのりを見つめた。

「みのりさん？　しあわせだったたって……」

「次郎さんです。羽鳥さんは今、次郎さんとご自分が出会わなければ……なんて言ったけど。次郎さんは絶対に、そんなふうに思ってないと思います」

断言したみのりは、涙をにじませた瞳で羽鳥を真っすぐに見つめた。

「だって、好きな人と六十五年も一緒に生きられたんですよ？　こんなにしあわせなことって、他にないですよね？　だから羽鳥さんのご主人は、しあわせだったに決まってます。絶対に、羽鳥さんと出会えたことが、ご主人にとっては一番の宝物だったはずです！」

強い言葉で言い切ったみのりは、ギュッと唇を噛み締めた。

世の中には長続きしない恋や愛が、たくさんある。

偽物の恋や愛も、あるだろう。

けれどそれと同じくらい、長く相手を想い合える恋や愛もたくさんあるのだ。

みのりは今、羽鳥の話を聞いて心から、そう思った。

「赤の他人が六十五年間も一緒にいるって、すごいことだと私は思います。ふたりの間に愛がなきゃ、できないことですよ！」

みのりが声高に言った瞬間、羽鳥の目からは大粒の涙がこぼれ落ちた。

音もなくこぼれたそれは、キラキラと輝いていて、美しかった。

「できれば、好きな人とそんなに長持ちする秘訣を、教えてほしいくらいです！　私の知り合いにも講義を開いてほしいくらいだし……って、そういう私は、彼氏すらいませんけど」

しんみりした空気を払うようにおどけたみのりは、再び膝の上で拳を握りしめながら顔を上げて笑った。

その、握りしめられた小さな手に気づいた亮二は緩やかに口角を上げると、穏やかな笑みを浮かべてみのりを見た。

「なんだ、お前、付き合っても相手と長く持たないタイプか」

「な……っ。ち、違います！　今のは私の話ではなくて、知り合いの話って言ったじゃないですか……！」

「ふっ。見苦しい言い訳だな。まぁお前は、ちょっとしつこくて暑苦しいのが原因じゃないか？」

「し、しつこくて暑苦しいって……。そう言う亮二さんだって、良い年して野菜嫌いなんて子供みたいだし、意地悪なことばっかり言うじゃないですか！」

真っ赤になって怒るみのりを、亮二はこれでもかと面白おかしくからかった。

ふたりのやり取りを眺めながら、羽鳥はまるで眩しい太陽を見つめるように目を細めて顔を綻ばせる。

「……ふふっ、ありがとう。もしかすると、今日という日に主人が、あなたに巡りあわせてくれたのかもしれないわね」

「え……？」

「あなたたちのおかげで、来年はとてもしあわせな気持ちで大好きな梅の花を見ることができそうよ。本当に本当に、ありがとう」

――もう、思い出を寂しいものには変えたりしない。

羽鳥の言葉を聞いたみのりと亮二は、いがみ合いをやめて互いに顔を見合わせた。

「はい、また来年も、梅のコンフィチュールを買いにいらしてください」

爽やかで優しい風が吹く。

窓の外では青々とした緑の葉が、嬉しそうに揺れていた。

だ。羽鳥がフジミ青果をあとにしてから、みのりは改めて購入するコンフィチュールを選ん

結局、家に連れて帰ることに決めたのは、前回も買った苺のコンフィチュールだ。

なんとなく、梅のコンフィチュールの余韻が残っている今は新しい味を開拓する気になれなくて、朝日町へのお土産の分と合わせてふたつ購入した。

「今日は、ごちそうさまでした」

「……ほら、これも持っていけよ」

と、帰り際に亮二がみのりに差し出したのは、梅のコンフィチュールが入った瓶だった。

先ほど、羽鳥とみのりが食べた残りだ。

亮二はそれをみのりが買ったばかりのコンフィチュールと一緒に紙袋に入れると、目の前に差し出した。

「まだ半分残ってるし、勿体無(もったいな)いだろ」

「で、でも……」

「代金はいらない。その代わりに、うちの広告掲載を諦めろ」

続けてそう言った亮二は、真っすぐにみのりを見る。

とても真剣な目をしていて、からかったり冗談を言っているふうではない。

思わず息を呑んだみのりは返す言葉を失って、ただ呆然としながら亮二の整った顔を見上げてしまう。

「今日みたいに客として来るならいい。だけど、最初から伝えてあるとおり、うちがお前のところに広告を出すことはない。それだけは先にハッキリと伝えておく」

改めて宣言されたら、みのりの胸は針で刺されたように痛んだ。

亮二はただ、これ以上、みのりが変な期待をしないようにと改めて拒絶を示しただけなのだろう。

亮二の答えは一貫して広告掲載をNOとしている。

けれど、どうしてか今——みのりの心は前回NOを示されたとき以上に戸惑って、痛んでいた。

「私……今日改めて、フジミ青果が素敵なお店なんだって気が付きました」

つむいだ言葉は、意識して口にしたわけではないみのりの本音だ。

「は？」

「羽鳥さんと出会って、梅のコンフィチュールを食べて、話を聞いて……すごく、胸が温かくなったんです」

コンフィチュールを食べている間だけは仕事のことも、ノルマのことも忘れられた。

「それで私はやっぱり、このお店を私以外の人にも知ってほしいと思いました。羽鳥さんみたいに……このお店を大切に思ってくれる人が、増えたらいいなと思ったんです」

それはみのりの一方的な、自分勝手な思いに過ぎない。

店主である亮二が嫌だと言っている以上は、広告掲載など夢のまた夢だし、話を進めることなんて無理に決まっている。

「だから、もう少しだけ頑張らせてくれませんか？　今は絶対に広告掲載なんてしたくないと思っているかもしれませんけど……。いつか私が、〝おいしいシルシに広告を載せたい〟って、亮二さんに思わせてみせます」

梅雨の湿った空気を払う、凛と通る声でみのりが言った。

対する亮二は、虚を突かれた顔をして固まってしまった。

「ってことで、これからも、どうぞよろしくお願いします！」

「あ……。おいっ！　待て……！」

そうしてみのりはそれだけ言って勢いよく頭を下げると、逃げるようにフジミ青果をあとにした。

色鮮やかな紫陽花の花々が、目に映る景色を彩る。

みのりはそれを眺めながら、いつかの未来で今を思い出したときに、笑っていられたらいいと強く思った。

手土産には真っ赤なトマト

「おい、西富！　聞いてくれ！」

六月も後半に差し掛かったある日。

みのりは社内をひとりで歩いていたところを同期の朝日町に捕まった。

「ちょ……どうしたの!?」

「いや、マジでヤバイんだって！」

珍しく息を切らせ、興奮しきった様子の朝日町は、まるでカブトムシを捕まえた子供のように瞳を輝かせている。

「わ、私、虫かごに入りたくないけど……」

「こんなときにくだらない冗談言ってる場合じゃねーよ！　俺、ついにメディマ部と仕事できることになった！」

「え……」

そのまま朝日町はみのりの腕を引き、人気のない小会議室の近くまで誘導した。

そして自分を落ち着かせるように深呼吸をすると、今度は精いっぱい声を潜めて話を始める。

「実はさ、まだオフレコなんだけど……。今度、メディマ部との合同企画をやることになったんだ」

「合同企画？」

「そう。で、俺がその企画営業部の担当にしてもらえることになったんだよ。もちろん、俺だけじゃなくて上司のマサさんも一緒だけど……」

マサ、というのは朝日町の直属の上司で、企画営業部の菩薩と呼ばれている人格者だ。上司からも部下からも信頼が厚く、仕事面でも常にトップをひた走る、今の企画営業部のエースでもある。

「す、すごいじゃん！　っていうかメディマ部との合同企画って、それ、かなり大きな案件なんじゃないの!?」

ようやく朝日町が興奮している理由を理解したみのりは、声を弾ませた。

「そうなんだよ。それがさ……お前、〝コチ決め〟って小説、知ってる？」

「コチ決め、もちろん知ってるよ。〝ある日突然閻魔大王に転生したけど、コチラでも食っちゃ寝してグータラすることに決めました〟って、今すごく人気あるラノベでしょ？」

たしかこの間、累計発行部数が二百万部を突破したと社内ニュースになっていた。

丸印出版が今、一番力を入れていると言ってもいい作品だ。

「そうそう、それ。略してコチ決め。それがさ、今度アニメ映画化されることになったんだけど、そのメディアミックスの一貫として、俺が今営業担当してる旅行雑誌、〝極楽タビ倶楽部〟がコラボ企画をすることになったんだよ」

「極楽タビ倶楽部が？」

「うん。ほら、極楽タビ倶楽部は〝食べて寝てよく休める極楽宿〟がコンセプトの旅行情報誌だろ？　それで、〝食っちゃ寝な極楽生活〟を描いてるコチ決めと何かコラボできないかなと思って、前から企画出してたんだけど。今回それが運良くメディィマ部の担当の目に留まって、実現できることになったんだ」

つまり、朝日町立案の企画がメディィマ部に認められたということだ。

これまでも何度かメディィマ部にアプローチをしてきた企画営業部の人間はいるけれど、実際に企画が通ったのはほんの一握りだった。

(朝日町は、やっぱりすごい。その、一握りにさえ入るんだから)

さすが企画営業部のホープといわれるだけはある。

直属の上司ということでマサさんも担当にはなっているだろうが、きっとほとんど朝日町がメインで動く案件になるのだろう。

「一応詳細とか企画内容については、来週中に企画営業部内でも情報共有されることになってるけど、それまでは今話したことは内密で頼むな」

「も、もちろん！　絶対秘密にする！　でもさ、超人気小説のコチ決めとのコラボ企画が掲載される極楽タビ倶楽部の号、きっとめちゃくちゃ売れるよね……」

「だろうな。だから、俺が提出した企画をメディマ部とも更にブラッシュアップして、極楽タビ倶楽部の発行部数も増やそうかって話も部長との間で出てるんだ」

　腕を組み、嬉々とした表情で語る朝日町は、やっぱり宝物を見つけた子供のような表情をしていた。

　仕事が充実していて、楽しくてたまらないという顔だ。

　自分がやりたいこと、叶えたい夢に向かって着実に前進し続けている朝日町は……みのりには、目を背けたくなるくらいに眩しかった。

「朝日町って……ほんと、すごいね」

「うん？」

「だってさ、自分が担当してる雑誌の広告を取るってだけじゃなくて、発行部数も増やしちゃうくらいの企画を考えて通してるんだもん。ほんと……すごいっていうか、ちょっとカッコよすぎるよ」

　ぽつりと言ったみのりは頬にかかった髪を耳にかけると、視線を下に落として苦笑した。

（私とは……レベルが全然違う）

みのりは毎月のノルマ達成ですら苦しんでいるというのに、同期入社の朝日町は一歩前進どころか駆け足で階段を上っている。

「そのうち、追いつくどころか朝日町の背中も見えなくなりそう」

ヘヘッと笑ったみのりは、手に持っていたおいしいシルシの最新号を握りしめた。

みのりの胸のうちは複雑だ。朝日町の活躍が嬉しい反面、どうしようもなく焦っている自分がいる。

（そもそも、朝日町に追いつきたいって思うこと自体、無謀なんだろうけど）

ノルマ達成すら危うい日々を送っている自分が、情けなくてたまらなくなった。

「……ばーか。追いつくとか追いつかないとか、そんなんどうでもいいだろ」

と、不意にそう言った朝日町は、落ち込むみのりの額をコツンと小突いた。

「へ？」

「そもそも、俺たちはライバルじゃないだろ。同じ会社の同じ部署で働くチームじゃん」

顎を上げ、みのりを見下ろす朝日町は口角を上げて小さく笑う。

「確かに、ノルマのせいで変に競争意識を煽（あお）る空気はあるけど、そんなくだらないことに振り回されて、チームの関係が崩れたら元も子もないと俺は思うよ」

「チーム……」

「だろ。だって、本来ならライバルは競合他社であるべきだろ。え、なに、それともお前、俺のライバルになりたいわけ？」

からかうような口調で言われ、みのりはカッと顔を赤らめた。

「そ……っ、そういうんじゃないけど！　一応……朝日町は同期だし。意識はしてるってだけだよ……」

「意識〜？　そんなん、ほんとにしてるのかよ？」

「し、してるよ！　私、朝日町のこと仕事面では前から尊敬してるし、どうやったらいつもあんなに仕事相手とスムーズにやり取りできるのかとか、やっぱり参考にしたいところはたくさんあるし」

ずっと、ライバルや競争相手として意識していたわけではない。

それでも朝日町に負けたくないという気持ちは、少なからず持っていた。

けれど、ここ最近は、それより強く思うことがある。

〝朝日町から学びたい〟という気持ちだ。

だからこの二週間は、密かに社内では朝日町の仕事ぶりを観察していた。

そして昨日、それが功を奏したのか久しぶりに一軒、広告を出してくれる店舗と契約を交わすことができた。

「朝日町のお客さんへの姿勢とか、向き合い方とか、すごいなって思うし。これからも真似できるところがあれば真似して、自分の技術として吸収できたらいいなって思ってる」

　これまで朝日町に面と向かって、こんな話をしたことはなかった。

　それでも今、口にしたことは紛れもないみのりの本音だ。

（ほんとはこんなこと、朝日町に言いたくなかったけど……）

　照れくささから、みのりは耳を赤く染めて顔を逸らしてしまった。

　すると、そんなみのりを前に朝日町は、ほんの少し虚を突かれた顔をしてから、改めてみのりの顔をまじまじと見つめた。

「……お前さ、最近、なんかちょっと変わったよな」

「へ？」

「いや。ほんの少し前まではノルマノルマで、とにかく当たって砕けろで手当り次第に営業かけてばっかだったじゃん」

　朝日町の言うとおり、少し前までのみのりは、とにかくノルマを達成することに必死だった。

　そんなみのりを朝日町はよく、「ガッツだけは人一倍あるよな、お前」などと言って、からかっていた。

「でも今はそれだけじゃなくて、俺の仕事に対する姿勢を勉強したいとか、自分の技術として吸収したいとか……。そういうの、素直に思えるのって普通にすごいことじゃね？……っていうか、なんか、めちゃくちゃ可愛いんだけど」

「………はぁ？」

朝日町はそこまで言うと、何故か顔を赤らめ、みのりから目を逸らした。

対するみのりは、突然わけのわからないことを言い出した朝日町を前に訝しげな顔をしてしまう。

「あーーー。お前が可愛く見えるとか、俺も仕事で疲れてんのかな」

「そ、そうだよ、やめてよ。うっかりあんたのファンの女子社員に聞かれてたら、刺されるかもしれないじゃん」

「だよなぁ〜〜。ほんと俺、疲れてるわ。一瞬でもお前が可愛いと思うとか……ああ、うん。ないわ。ないない。部長の説教好きが治るくらい、絶対に有り得ない話だったわ」

それは私にも部長にも失礼でしょ……と、みのりは思っても、言い返さなかった。

これ以上、この話を掘り下げても仕方がないと思ったのだ。

そして朝日町自身も、それは同じだったらしい。

「あー、で、話は戻るけどさ。その、俺の企画を拾ってくれたメディィマ部の担当者が、俺が前から憧れてる〝善行さん〟なんだよ」

「え、企画を拾ってくれたメディィマ部の担当者が憧れの人なの？　それ、めちゃくちゃすごくない？」

「だろ？　善行さんとは、今日の午後にマサさんと一緒に初顔合わせする予定なんだけどさ。ハァ〜〜、俺、今からめっちゃ緊張してて。メディマ部のワークスペースで憧れの人と打ち合わせとか、普通にヤバくね？　俺、話してる最中に絶対ニヤけるんだけど」

顔を両手で覆った朝日町は、恋する乙女のように頬を赤らめていた。

メディマ部の善行さん……朝日町の憧れの人。

つまり善行さんが企画営業部の元エースで、今のメディマ部を牽引するすごい人というわけだ。

以前、一度だけ朝日町から名前を聞いたことがあったけれど、みのりは自分にはあまり関係のないことだと思ってスッカリ忘れていた。

「せっかく憧れの人と会えるんだから、バシッと決めてきなよ」

「……おう。あ！　あと、それでさ。西富に、ひとつ頼みたいことがあるんだ」

「私に？」

唐突に話を切り出した朝日町だが、そもそもその話をするためにみのりを呼び止めたのだ。

「善行さんとの打ち合わせが無事に終わったら、来週の頭にでもコチ決めの作者の江ノ島ユズリハ先生に、マサさんとふたりでご挨拶に行こうって話になってるんだけどさ」

「え！　江ノ島ユズリハ先生に挨拶って、それもすごいじゃん！　っていうか、私だったらそっちのほうが緊張しそう」

「まぁな。で、今、そのユズリハ先生への手土産をどうしようかって考えてて……。編集部の知り合いに聞いたら、ユズリハ先生って珍しいもの好きらしくてさ」

「あー、確かに、コチ決めでも主人公が珍しいもの好きって設定あるもんね。それって、ユズリハ先生が珍しいもの好きだったからなんだ」

「らしいな。だからさ、俺、西富がこの間、俺にくれたジャムが手土産にちょうどいいんじゃないかって思ったんだよな」

「え？　ああ……っていうか、ジャムじゃなくて、あれはコンフィチュールね？」

「おー、そうだった。で、そのコンフィチュールをユズリハ先生への手土産にしたくて、お前に相談したかったんだよ」

パチンと指を鳴らした朝日町は、ニッと口端を上げて笑った。

朝日町は、みのりが先日買って渡した苺のコンフィチュールを、随分気に入った様子だった。

『コンフィチュールって初めて食べたけど、めちゃくちゃ美味いな！　俺、甘いもの苦手なんだけど、あれは甘すぎずって感じで普通にイケたわ！』

感想を聞き、とても誇らしい気持ちになったのが水曜日の朝だ。

その日は一日、みのりも明るい気持ちで仕事に取り組むことができた。

「一応、何種類か買って、贈答用にしてもらいたいなーって思ってるんだけど」

淡々と話をする朝日町。対するみのりは、コンフィチュールの作り主――フジミ青果の店主、亮二のことを思い浮かべた。

亮二に会ったのは、先週の土曜日に借りた傘を返すという名目で、フジミ青果へ行ったのが最後だ。

今日が金曜日なので、もし朝日町の依頼を引き受けてコンフィチュールを買いに行くなら、明日か明後日の休日に行ってみるしかないだろう。

「もし西富が買いに行くのが面倒なら、店の場所さえ教えてくれたら俺が自分で買いに行くけど」

「え……。あ、いやいや、大丈夫！　私が行くよ！　お店の場所もちょっとわかりにくいところにあるし、なにより店主が……ちょっと変わり者だし、私が買ってきたほうがスムーズに済むと思うから」

みのりが慌てて朝日町の申し出を断ると、朝日町は「あー、そうなんだ。じゃあ、やっぱお前に頼むわ」と、素直に納得してくれた。

それを聞いたみのりは、内心でホッと息を吐く。

(あ、危ない……。もし、亮二さんに朝日町が丸印出版の人間だって知れたら、変にややこしくなるかもしれないもんね)

亮二には前回の帰り際に『広告掲載を諦めない』と宣言してきたばかりだ。

みのりが新たな手を使って別の営業マンを送り込んできたとでも勘違いされたら、今度こそ門前払いで話も聞いてもらえなくなるかもしれない。

（何より今は、亮二さんに認めてもらうためにしなきゃいけないことを、私なりに考えないといけないし……）

そんなときに、新たな問題を生むようなことは絶対に避けたい。

朝日町のおかげで土日にフジミ青果へ行く口実もできたし、考えてみたら今回の話はみのりにも願ったり叶ったりのことだった。

「任せて！　お店の人とも相談して、ユズリハ先生が喜んでくれるようなオススメの品を、ばっちりチョイスしてくるから！」

みのりが無い胸を張って言えば、「頼むわ」と朝日町は頷いた。

「しつこい、帰れ、今すぐに！」

しかし翌日の土曜日、あいにくの雨の中みのりがフジミ青果を訪ねれば、店主の亮二は開口一番、みのりを店から追い出した。

「こ、困ります！　今日は大切なお客様のためにコンフィチュールを買いに来たのに！」

オーニングの下で傘を閉じて抵抗するみのりを、亮二は腕を組んで睨むように見下ろした。

「大切なお客様だ？　そんなの、俺の知ったこっちゃない」

相変わらずの酷い言い草だ。

仮にも自分は客なのに……と、みのりは反発しかけたが、前回の帰り際に啖呵を切ったことを思い浮かべて眉を下げた。

「や、やっぱり怒ってます……よね？」

「当然だろう。お前がやってんのは悪徳セールスみたいなもんだぞ。いらないって言ってるものを無理矢理売りつけようとしてる。俺が慈悲深い男じゃなきゃ、とっくに出版社にクレームを入れてるところだ」

慈悲深い男……という部分には語弊がある気がするが、亮二の言うことはごもっともだ。

ここまでハッキリ、「いらない」と言われているのに「諦めない」と言って押し掛けるのは、迷惑以外の何物でもないだろう。

「すみません……。亮二さんの仰る通りだと思います。でも、どうしても私が、フジミ青果を諦めきれなくて」

しょぼん、と肩を落としたみのりは、足元に視線を落とした。

前回、帰り際に口にした言葉に嘘はない。

『私はやっぱり、このお店を私以外の人にも知ってほしいと思いました』

『羽鳥さんみたいに……このお店を大切に思ってくれる人が、増えたらいいなと思ったんです』

そんなふうに思えるお店に出会ったのは、営業職に就いてから初めてだったのだ。

だからこそ、粘り強く頑張りたい。

でも、それがみのりの一方的な都合と自分勝手な感情であることも、みのりは重々理解していた。

「亮二さんが怒るのも尤もだと思います。だけど私はフジミ青果を、本当に素敵なお店だと思っているので……もう少しだけ、頑張らせていただけませんか？」

みのりは、胸の前でギュッと両手を握りしめた。

閉じた傘の先端から、ぽたりと雨の雫が落ちる。

ここに来るのは、まだ三回目だ。

けれど、一度目と二度目の来訪で、みのりは亮二が作るコンフィチュールの虜になった。

苺のコンフィチュールも、梅のコンフィチュールも本当においしかった。

もっと、亮二が作るコンフィチュールを食べてみたい。

フジミ青果のコンフィチュールは、ノルマに追われて疲れきっていたみのりに、確かな潤いと活力を与えてくれたのだ。

「私は、もうすっかり、フジミ青果のコンフィチュールのファンなんです。亮二さんが作るコンフィチュールが好きなんです。今週も家に帰ったら梅のコンフィチュールと苺のコンフィチュールがあるって思ったら仕事も頑張れて……真っすぐに、前を向くことができたんです」

言いながらみのりは、唇を噛みしめた。

対する亮二は、肩を落とすみのりを前に戸惑っていた。

ここまで素直に自分が作るコンフィチュールのファンだと言われたら、その気持ちを無下にはできなくなる。

なにより、今のみのりの言葉が嘘ではないことは、顔を見れば一目瞭然だった。

そうなると、亮二は弱い。

自分が作るコンフィチュールが『好き』だと言われたら、嬉しいに決まっている。

「……ハア。あのな。そんな、うさぎが耳を垂らして反省してるみたいな顔するなよ。いろいろ卑怯だぞ」

「へ……？」

「何故か俺が悪いみたいな空気になってるし、今日はやけに素直だし……って、あーー、もういい。コンフィチュールを買いに来たなら、さっさと買うだけ買って帰れ。それで満足するんだろう？」

思わぬ言葉にみのりが顔を上げれば、亮二の呆れたような目と目があった。

前髪にくしゃりと指を通した亮二は心底不本意そうな顔をしていたが、耳の先にはほんのりと淡い赤が差していた。

「ほら、傘はそこの傘立てに置いて、早く店に入れ」

「あ、ありがとうございます！」

「……ドウイタシマシテ」

お礼を言えば、やっぱり不本意そうに棒読みで返事をされた。

それでもみのりはお店の中に入れることが嬉しくて、亮二の言うとおりうさぎのように跳ねたくなりながら、店内へと足を踏み入れた。

「で？　大切なお客様ってどんな客だよ」

ふわりと、今日も果実のような甘い香りがみのりの来訪を歓迎する。

店に入るなり、みのりに問いかけた亮二は、腕を組んでコンフィチュールの棚を見上げた。

「さっき、大切なお客様のためにコンフィチュールを買いに来たって言ってただろ」

「あ……はい。えっと。それが実は今回は、かの有名な江ノ島――」

と、そこまで言いかけたみのりは、慌てて口をつぐんで出かけた言葉を飲み込んだ。

（いけない。コチ決めの企画の件は、朝日町からくれぐれも内密にと頼まれてたんだ）

社内でもまだ一部の関係者しか知らないオフレコ案件だ。

当然、社外の人間に漏らしていいわけがない。

コチ決め作者の江ノ島ユズリハに渡す手土産だなんて、うっかり口を滑らせたらそれこそ大変なことになるかもしれない。

江ノ島ユズリハはラノベ界ではかなりの有名人だし、男性ファンも多いと聞く。

そうなれば、亮二も名前を知っているかもしれない。

そこへきて丸印出版勤務のみのりが、江ノ島ユズリハへの手土産を買いに来た……なんてことが噂（うわさ）になったら、今回の企画も何かのキッカケで外に漏れる可能性もある。

「なんだよ、江ノ島……って。その大切な客とやらが江ノ島にいるのか？」

「えっ!? あ、は、はい！　そんなところで……。江ノ島に住んでいる、珍しいもの好きな知り合いに渡す手土産を、今日は買いたくて」

『大切なお客様』という部分も、今更だけどデリートしてみた。

すると亮二は再び訝しげにみのりを見たあと、「珍しいもの好きな知り合いねぇ」と痛いところを反復する。

「その、知り合いとやらの年齢は？　性別は？」

「え、えっと……。性別は女性で、確か、まだお若かったと……あ、いや、確か二十代前半だったと思います」

「だったと思うってなんだよ。知り合いなんだろ？」

「は、はい。でも実は、私もあまり深くは知らないというか……。こう言ったらなんですけど、ネットを通してしか知らない相手なんです、あはは……」

後半は事実だ。昨夜、みのりは下調べとして江ノ島ユズリハのプロフィールや趣味嗜好はネットで学んできたものの、結局はそれも付け焼き刃にすぎない。

「ネットを通してしか知らない相手って……お前それ、大丈夫なのかよ。変な事件に巻き込まれたりしないだろうな？」

「そ、それは大丈夫です！　相手の身元は割れてますし、安全保障はバッチリあるので！」

「身元は割れてるって言い方、どうかと思うぞ……。まぁ、お前が大丈夫だって言うならいいけどさ。情報が少なすぎるな。それなら例えば、その相手の好きな色は？　わかるか？」

「好きな色、ですか？」

言われてみのりがふと思い出したのは、江ノ島ユズリハのＳＮＳの投稿に書かれていたことだった。

江ノ島ユズリハは仕事の合間にＳＮＳをするのが趣味で、定期的にアレコレと自分のことや仕事について語っている。

「あ……！　そういえば、赤が好きって言ってました！　あと、最近野菜をたくさん食べることにハマってるとも話してました！」

正確に言えば、ＳＮＳに投稿していた、だ。

パアッと表情を明るくしてみのりが言えば、亮二はゲッと綺麗な顔を歪(ゆが)めてあからさまに眉根を寄せた。

「野菜をたくさん食べることにハマってるって、全く理解できないわ。……つまり、俺と対極ってことだな」

そう言うと亮二は、顎に手を当て考え込む仕草を見せる。

「今の質問の答えで、オススメの品を考えてるんですか？」

「ん？　ああ、まぁな。相手のことがわかんなきゃ、相手が何を求めているのかもわからないだろ。ビジネスの基本だ。相手の求めているものをいかに明確にして、更にその上を行くものを提示できるかってこと」

「なるほど……」

亮二の言葉を聞いたみのりは、以前、亮二に言われたことを思い出した。

『営業をかけるなら、まずは先方のことをよく調べてからにするっていうのは、基本中の基本じゃないか？』

もしかしたら、亮二の本業にも生かされている考え方なのかもしれない。

だとすれば亮二の本業は、バリバリのやり手コンサルタントか何かだろうか。

「ああ……そうだ。それなら、もしかしたらこれから作ろうと思ってた〝アレ〟が丁度いいかもな」

「これから作ろうと思ってた、アレ？」

「今朝は時間がなくてな。下準備だけして置いといたものがあるんだ。店に並べるのは明日にして、今日は時間が空いたときに作ればいいかと思ってたんだが……」

　そこまで言った亮二はみのりを一瞥したあと、レジの前に呼び出し用の呼び鈴を置き、店の奥に続く扉を開けた。

「ってことで、ほら、行くぞ」

「え？」

「今、時間が空いたときに作ればいいと思ってたって言ったろ。それが今だと俺は判断した。だから、どうせだからお前も一緒に来い」

　なんと傍若無人な言い草か。

　悪魔ですか？と、みのりは心の中で反論したが、実際、ひとりで店内に残されてもできることはないので、しぶしぶ目の前の悪魔に従うことにした。

「今日は、こっちな。来いよ」

一週間ぶりに入ったフジミ青果のバックヤードは、相変わらず田舎のおばあちゃんの家感満載だった。

中に入ってまず、亮二が真っすぐに向かったのは昭和レトロな台所だ。

みのりは亮二の広い背中を追いかけてダイニングテーブルの前で足を止めたが、静かな家の中の空気に触れた途端、一気に現実に引き戻された。

下を向いた蛇口から落ちた水が、ポチャン、と小さく音を立てる。

(っていうか私、勢いのまま中に入って来ちゃったけど……)

改めて冷静に考えたら、今更ながらに緊張してきた。

前回は羽鳥がいたこともあり、そこまで意識することもなかったが、今回はみのりひとり……つまり、亮二とふたりきりで家の中にいるのだ。

亮二と会うのは、まだこれで三回目。

それなのに、やすやすと相手の陣地に上がり込むなんて無防備にも程がある。

(え、え……。これって私、ちょっと考えなしな行動すぎない!?)

意識した途端に、どうしようもなくドキドキしてきた。

原因は亮二の見た目が良すぎることと、やはりみのりに恋愛耐性がないせいだ。

「――ほら、これ見てみろ」

「にゃっ!?」

と、不意に声をかけられたみのりは、思わずビクリと肩をゆらして弾けるように振り向いた。

するとすぐそばにA4サイズほどの段ボールを持った亮二が立っていて、それを無造作にダイニングテーブルの上に置いた。

「にゃっ、て。お前、猫かよ。猫だとしたら食い意地の張った野良猫だな」

軽口を叩きながら、亮二は手元に視線を落とした。

段ボールの中にはつやつやで、真っ赤に色づいたお手玉サイズのものがズラリと並んでいる。

「え……これ、トマトですか?」

「そう。俺が世界で一番嫌いな野菜」

世界で一番嫌いな野菜とは、また随分と酷い言い草だ。

けれど亮二は大量のトマトを前に、本当に嫌なものを見る目をしているので本心なのだろう。

「トマト、意外に苦手な人多いですよね。ほどよく塩味があって、アッサリしてておいしいのに」

「どこがだよ。青臭くて噛んだらなんか変なの出てくるし、食感もマズイし、いいとこなしだろ」

「酷い……全国のトマト農家さんに謝ってほしいくらい、酷いですよ」

「でもまぁ、コンフィチュールにしたら食べられないこともない。ってことで、今から完熟トマトのコンフィチュールを作る」

「トマトのコンフィチュールですか⁉　え……トマトってコンフィチュールにできるんですか⁉」

思わずみのりが聞き返せば、亮二は口角を上げて面白そうに笑った。

「ああ、できる。お前の知り合いとやらは野菜を食べることが好きなんだろ？　だったら、俺と対極の人間だ。つまり、俺が一番嫌いな野菜で作ったコンフィチュールなら、そいつにウケるかと思ったんだよ。色もちょうど〝赤〟だしな」

「な、なるほど……」

「よし。ってことで、さっさと始めるか」

そうして亮二はそれだけ言うと、たった今持ってきたばかりの段ボールを机の下におろした。

次に何をするかと思えば手を綺麗に洗ったあと、おもむろに冷蔵庫の扉を開けた。

中から取り出したのは、すでに湯剥(ゆむ)きをしてざく切りにされたトマトだ。

それだけでなく、ボールの中で砂糖を全体にまぶして砂糖漬けにされている。

「私、トマトのコンフィチュールを作るって言うから、てっきり段ボールの中のトマトを使うのかと思いました」

「そっちは後々用だ。コンフィチュールは、大抵こうして先にグラニュー糖や砂糖を全体にまぶして、しばらく置いておいてから作るんだよ。そうすると素材から自然と出てきた水と一緒に、砂糖が溶けるというわけだ」

「そうなんですね……」

それにしてもトマトのコンフィチュールとは。

野菜のジャムも買ったことのないみのりにとって、野菜のコンフィチュールは初体験だ。

感心するみのりを横目に、亮二はホーロー鍋を手に取って、器用にボールの中のトマトの果汁だけを鍋に移した。

そしてそのトマトの果汁だけを火にかけ、煮つめていく。

真っ白な鍋の中ではふつふつと赤色の果汁が沸騰していた。

しばらくした頃、亮二はボールの中に残っていたトマトの果肉をすべて鍋に移した。

続いて中火で火を入れながら、出てくるアクを丁寧に取り除いていく。

「コンフィチュールって、こうやって作るんですね……」

「ああ。先に果汁だけを煮つめて、あとから果肉を入れることで果肉の形を残すことができるんだよ」

「なるほど……だから、ちゃんと果肉が残って、そのものの味とか食感を楽しむことができるんだ」

「まぁ、素材によって作り方が変わるものもあるけどな。俺は、こういう作り方をしてるってだけだ」

「そうなんですね……」

興味津々で鍋の中を覗いたみのりは、目をキラキラと輝かせた。

ホーロー鍋の中でグツグツと煮える真っ赤なトマト。

亮二は休むことなく、鍋の中のトマトのコンフィチュールをヘラでかき混ぜ、合間合間に出てくるアクを取り続けた。

仕上げにレモン汁と蜂蜜を少々入れる。そうすることで、全体の発色が良くなり、味がよりまろやかになるらしい。

「あとはこれを、熱いうちに煮沸(しゃふつ)消毒した瓶に移して脱気(だっき)すれば完成だ」

「脱気？」

言いながら亮二は軍手を装着すると、煮沸消毒した瓶を取り、出来たてほやほやのトマトのコンフィチュールを同じく煮沸消毒済みのお玉ですくって中に入れた。

そして瓶の容量の九割ほどまで入れたら蓋を閉めずに軽く被(かぶ)せ、清潔な布巾を敷いた鍋に中身がこぼれないように入れる。

さらに瓶の三分の一が浸かるくらいの水を入れて中火にかけた。

そこから鍋の蓋をして約十五分。

時間が来たらすぐに瓶の蓋を閉め、ひっくり返して平らな台の上に逆さまに置くらしい。あとは自然に粗熱が取れるのを待ち、冷やせば完成とのこと。

「蓋の真ん中がペコッと凹んだら、キッチリ密閉されたって証拠だ」

あっという間にトマトのコンフィチュールの出来上がりだ。

鍋の中では綺麗な赤色がキラキラと光っていて、みのりは思わず感嘆の息をもらした。

「はぁ〜。コンフィチュールって、作るのはすごく大変なのかと思ってたんですけど、案外簡単にできるんですね」

「そうだろ。脱気の過程で火傷に気をつけるくらいだな。あとは手順やいくつかの注意事項さえ把握しておけば、誰でも簡単に作れる。お前でも、作れそうだろ?」

確かに亮二の言うとおりだ。

これなら、あまり料理をしないみのりでも、気負わずに作ることができそうだ。

と、みのりがそんなことを考えているうちに、亮二は出来上がったトマトのコンフィチュールすべてを瓶に移し入れて脱気を始めると、テーブルの隅に置いてあったバケットを一枚手に取った。

そしてスライスされたそのバケットで、鍋の底に残っていたトマトのコンフィチュールをそっとすくう。

「十五分、待ち時間があるからな。とりあえず、ほら、これ食べてみろ」

「え！　いいんですか⁉」

みのりの目の前に差し出されたのは、たった今できたばかりで、まだ温かいトマトのコンフィチュールだ。

まさか、食べさせてもらえるとは思わなかった。

常温か、冷えているものしか食べたことのないみのりにとってはこれもまた初体験だ。

「出来たては、熱が取れたあとのやつより口当たりはサラッとしてる。まぁ、そんな熱くないとは思うけど、一応火傷には気をつけろ」

「わかりました！　ありがとうございます！」

嬉々とした表情でバケットを受け取ったみのりは、顔の前まで持ってくると改めてまじまじとそれを見つめた。

バケットを彩るのは、赤く色づいた完熟トマトのコンフィチュール。

パッと見は変わらずトマトだが、そのままのトマトよりもややフルーティーな甘い香りも感じられて食欲をそそられる。

「いただきます！」

元気よく挨拶をしてから、みのりは、勢いよくコンフィチュールが載ったバケットを頬張った。

すると次の瞬間、口の中に果物を食べたときのような甘みが広がる。

まるで、トマトじゃないみたい。それなのにトマトの味は確かに感じられて、みのりは驚き、思わず目を見開いた。

（な、何これ……！）

トマト独特の青臭さがまるでない。

旨みと甘みが一所にぎゅっと濃縮されていて、まるでフレッシュな果物を食べたあとのような味わいだ。

「なんだか、太陽を食べてるみたい……！」

「なんだよ、その感想」

「だって、それくらいおいしいんですもん！」

「……お前って、ほんとになんでも美味そうに食べるよなぁ」

息を吐いた亮二は、呆れたように小さく笑った。

「だって、おいしいから自然とおいしいって顔になるんですよ！　亮二さん、やっぱりすごいです！　トマトのコンフィチュールって初めて食べましたけど、ほんとにめちゃくちゃおいしいです！」

まくしたてるように言ったみのりは、会心の笑みを浮かべた。

対して一瞬面食らった顔をした亮二は、おもむろにフイッとみのりから顔を逸らした。

「太陽を食べてるみたい……ね」

そして何かを考え込む仕草を見せたあと、スプーンで鍋の底に残ったコンフィチュールをすくった。

そのまま、慣れた様子で今度はそれを自分の口へと運ぶ。

「……まぁまぁだな」

言葉の割には満足そうだ。

みのりは何故か自分のことのように嬉しくなって、再び満面の笑みを浮かべた。

そこからしばらくみのりは、出来たてのトマトのコンフィチュールを堪能(たんのう)した。

そのまま食べてみたり、またバケットに載せて食べてみたり、あとは亮二が冷蔵庫から出してくれたチーズに載せて食べてみたり……。

鍋の底に残っていた赤色は、十五分が経った頃にはすっかり無くなっていた。

亮二は食い意地の張ったみのりの横で作業を進め、トマトのコンフィチュールの瓶の蓋を閉めるとそれらを逆さにして綺麗に並べた。

横にいるみのりはまた感嘆して、ため息をこぼした。

「本当に、どれもめちゃくちゃおいしかったです！　トマトって、コンフィチュールにするとこんなに甘くなるんですね！」

「まぁ、それは砂糖を使ってるってのもあるけど……。トマトは煮込むことで酸味が和らいで、甘みが出てくる野菜なんだよ」

「そうなんだ……知りませんでした。でも、亮二さんは野菜嫌いなのに、どうしてそんなことまで知ってるんですか？」

「それは……」

亮二が咄嗟に、言いよどんだ。

けれどすぐに意を決したように口を開くと、言葉の続きを話し始めた。

「それは、ばーさんが、そう言ってたから知ってるだけだ」

「おばあさんが？」

「……ああ。ここで出してるコンフィチュールはすべて、俺のばーさんが考えたレシピばかりなんだよ」

どこか懐かしむように目を細めた亮二の言葉に、みのりはつい沈黙した。

思い出すのは先日、フジミ青果の居間で見た写真立てに飾られていた写真のことだ。

羽鳥は、写真に写っているのは亮二の祖父母なのだと言っていた。

そしてふたりが……もう、亡くなっていることも教えてくれた。

「お前、この間、羽鳥さんから俺のじーさんとばーさんの話を聞いてただろ」

「え……き、気づいてたんですか？」

「まぁな。狭い家の中だから、お前たちの会話が聞こえてもおかしくないだろ」

「そうだったんですね……。あの……勝手に色々聞いてしまって、すみませんでした」

みのりが肩を落とすと、亮二は「別に気にしなくていい」と、その謝罪を一蹴した。

「謝るようなことじゃない。まぁ……そのとき羽鳥さんから聞いただろうが、ここは元々俺の祖父母がやってた八百屋だったんだ」

銀色に光るスプーン。亮二はそれを見つめながら、ぽつり、ぽつりと話し続ける。

「俺がガキの頃、両親は共働きで忙しくて、帰りが遅いときはいつも祖父母の家でもあるこのフジミ青果に世話になってた」

忙しい両親の代わりに、まだ幼い亮二の面倒を見てくれた亮二の祖父母。

亮二いわく、そういうときはいつもここで、みんなで食卓を囲んで夕食を食べたらしい。

「でも俺は、その頃から大の野菜嫌いでさ。ここは八百屋だから、当然食卓には野菜が山ほど並ぶんだけど、どれも全然食べられなくて」

亮二に限らず、野菜嫌いの子供は少なくない。

現にみのりも、子供の頃は給食で出てくる茹(ゆ)でたキャベツが苦手だった。

「で、そんな俺を見兼ねたばーさんが、ある日、俺が嫌いな野菜や果物をコンフィチュールにしてくれたんだ」

『これなら、野菜嫌いなあんたでも、きっとおいしく食べられるわよ』

亮二の祖母はそう言うと、亮二が一番苦手で食べられなかったトマトのコンフィチュールを作ってくれたということだ。

「食べる直前まで、おいしいなんて思えるはずがないって思ってたよ。でも……思い切って食べてみたら、案外まぁまぁ食べられてさ」

　それからというもの、祖母は何かにつけ、野菜や果物のコンフィチュールを作って亮二に食べさせた。

　祖母が自分のためにコンフィチュールを作ってくれる様子を、亮二はいつも横で見ていたらしい。

　自分が苦手とする野菜と果物が、おいしいコンフィチュールに変わっていく。

　何よりそれが、自分のために作られているのだと思うと、嬉しくてたまらなかったということだ。

「ばーさんはそのときに、いつもあーだこーだと野菜に関する豆知識も話してくれてな。今思うと、まんまとばーさんの作戦にハメられたなーとも思うよ。ばーさんはどんな形であれ、俺に野菜や果物に対する興味を持たせたかったんだと思う」

　面白そうに言った亮二は、手の中のスプーンをグッと握りしめた。

「でもまぁ、今となってはばーさんとじーさんには感謝してる。野菜は苦手なままだけど、とりあえず健康な身体でいられるのもあのふたりのお陰かとも思うしな」

　どこか、遠くを見る目だ。けれど瞳に浮かぶ色は、とても温かく穏やかだった。

今の話を聞く限りでは、このトマトのコンフィチュールは亮二にとって思い出深い一品なのだ。

亮二の祖母が、亮二のために初めて作ってくれたコンフィチュール。

そしてフジミ青果は……亮二にとって、祖父母との思い出が詰まった、とても大切な場所に違いなかった。

「って、俺はなんでよりによってお前にこんな話を——」

「フジミ青果は、亮二さんにとって第二の実家なんですね」

「え？」

「この場所は亮二さんの宝物なんだなって、今の話を聞いて思いました」

真っすぐに前を向いて、みのりは答えた。

みのりの口の中にはまだ、トマトの爽やかな甘みが残っている。

今、感じているものすべてが、幼い頃に亮二が体験した感動なのだ。

そう思ったら、なんだかとてもしあわせな気持ちになって、自然と顔には笑顔が咲いた。

「……お前って、無防備すぎるところがあるよなぁ」

「へ？」

「……なんでもない。まぁ、確かに、お前の言うとおりかもな」

ハッとしてみのりが隣を見れば、亮二は息をこぼすように破顔(はがん)した。

「ほんと、面白いやつだな」

無防備で、あどけない。それでいてとても優しい笑顔だ。

亮二のその笑顔を見たみのりの心臓はドクン！と飛び跳ね、思わず背筋がピンと伸びた。

（な、な、何これ……）

亮二から、目が逸らせない。

自然と心拍数は上がっていって、胸の前で握りしめた手には汗がにじんだ。

「トマトのコンフィチュールは、今お前に食べさせたみたいにパンにつけて食べるのもよし、ヨーグルトにかけて食べるのもよし。ついでに、料理にだって使えるし、トマトが苦手な奴でもおいしくトマトを食べられるオススメの一品だ」

トマト嫌いの俺が言うんだから間違いない——と言葉を添えた亮二は、口角を上げて意地悪に笑った。

その笑い方は、もういつも通りだ。

対してみのりは未だに高鳴り続ける心臓の音を聞きながら、困惑せずにはいられなかった。

「そ、そうですね！　これならきっと、先方も喜んでくれますよね……！」

慌てて答えたみのりは頬にかかった髪を耳にかけると、亮二から目を逸らす。

亮二はただ、思い出話をしてくれただけだ。

それなのに、こんなにも亮二の笑顔にドキドキしている自分は、変な風邪でも引いているのかもしれない。

「専用のラベルも貼っておいたから、あとは完全に冷めたらこの贈答用の箱に入れたらいい」

けれど、みのりが自分の感情と戦っているうちに、亮二はトマトのコンフィチュールを持ち帰るための準備を始めた。

「おい、お前、自分用にも持っていくか？」

「へ……？」

「さっき、おいしいって言ってただろ。だったら贈答用のとは別に、お前個人で持っていくつもりかとも思ったけど違うのか？」

不意に声をかけられたみのりは、弾かれたように顔を上げた。

再び視線と視線がぶつかる。

ほんのりと顔を赤らめたみのりを見た亮二は、一瞬驚いた顔をしたあとで不思議そうに首を傾げた。

「お前……なんでトマトみたいに赤くなってんだよ。まさか、ノルマに追われすぎて体調悪いとかじゃないだろうな？」

「ちっ、違いますよ！　そんなんじゃないです！　元気です！」

「それなら……まぁいいけど。で、どうする？」

「あ……。え、えっと。は、はい。私のぶんも買って帰ります！　あと、贈答用はトマトのコンフィチュールふたつと、苺のコンフィチュールふたつでお願いできますか？」

「はいよ」

贈る相手の江ノ島ユズリハは赤色が好きだ。

となると、赤色のコンフィチュールで揃えるのがいいだろう。

そうして亮二はみのりの願い通りの品を揃えて持ち帰りの準備を整えると、商品の金額を提示した。

「とりあえず、コンフィチュールが完全に冷めるまでは触ると火傷するかもしれないし、気をつけろよ。うちのコンフィチュールの賞味期限は未開封の状態で約一年半だ。で、料金は——はい、金額ぴったりな」

一通りの注意事項を聞き、支払いを終えたみのりは改めて、紙袋の中に詰められたコンフィチュールを見た。

丁寧にふたつに分けられた袋の中にはそれぞれ、江ノ島ユズリハが好む真っ赤なコンフィチュールが二種類入っている。

どちらもおいしさは身をもって確認済みだ。

（これならきっと、江ノ島ユズリハ先生も喜んでくれるよね）

みのりにコンフィチュールを買ってきてほしいと頼んだ朝日町にも、あとで無事に買えたと報告をしなければいけない。

「ああ、それで領収書は？　いる？」

と、亮二がレジスター越しにみのりに尋ねた。

みのりは慌ててコンフィチュールを覗き見ていた顔を上げると、咄嗟に思いついたことを口にした。

「あ……一応、贈答用のほうだけ領収書切ってもらえますか？　宛名は、丸印出版企画営業部・朝日町でお願いします」

「…………は？」

長引く梅雨の雨が、相変わらずコンクリートを濡らしている。

みのりが領収書の宛名について口を滑らせた瞬間、亮二の顔があからさまに引き攣った。

一瞬みのりは、どうして亮二がそんな顔をするのかわからず、首を傾げかけたが——。

（あ……っ！）

自分がとんでもない失敗をやらかしたことに気がついて、思わず顔色を青くした。

「あ、え、いえ、その……今のは……っ」

マズイ。やってしまった。

話の流れでうっかり、丸印出版に関する買い物だということを暴露してしまった。

今回このコンフィチュールは、江ノ島に住むみのりの知り合いに渡すためという名目で買いに来たのだ。

設定にかなり無理はあったが、今回の買い物に丸印出版が関わっていると亮二に知られるのは得策ではないと考えた上での判断だった。

亮二は、みのりがしつこく諦めずに「広告を出さないか」と言ってくることに辟易している。

だから、丸印出版が関わっていると知られたら、変に勘繰られて余計に警戒されるのではないかと危惧してしまった。

朝日町が自分でここに買いに来ると申し出てきたのを断ったのもそのためだったのに。

それなのにみのりは、最後の最後に墓穴をほった。

(私のアホ……)

何より今回、朝日町が企画立案した内容は、まだまだ内々でしか知られていないシークレット案件だ。

部外者に、もらしていいことではない。

慌ててみのりは、たった今自分が口にしたことを頭の中で反すうしたが——。

(う、うん。とりあえず、丸印出版と朝日町の名前は出しちゃったけど、コチ決めの企画に関しては一切もらしてないから大丈夫……な、はず!)

「お前……」

と、みのりがぐるぐると思考を巡らせていたら、亮二の低い声が静寂を終わらせた。

改めて亮二の顔を見れば、亮二は怒っているとも絶句しているともとれる表情をしていた。

その様子を見たみのりは、また焦り始める。

(や、やっぱり、丸印出版絡みのことだってバレたらまずかったんだ!)

「りょ、亮二さん、すみません! 実はその……これには深い事情がありまして……!」

「………深い事情?」

「は、はい……。実は、私は直接関係ないんですけど、仲の良い同期に頼まれたんです。この間渡した苺のコンフィチュールがすごくおいしかったから、今度是非、お客様への手土産にしたいって言われて、それで……」

もちろん、そのお客様が誰なのかは言えない。

それでも今はできる範囲で、亮二に誠意を示したかった。

「丸印出版の名前を出したら、亮二さんに嫌がられるかもしれないと思って伏せました。嘘をつくようなことをしてしまって、本当にすみません。でも、今回のことは私がフジミ青果に広告を出してほしいと思っていることとは、何ら関係のないことなので──」

しかし、みのりが正直にそこまで言って頭を下げてから顔を上げれば、

「……帰れ」

亮二の有無を言わさぬ強い言葉が、みのりの謝罪を遮った。

「え……？」

「もう用は済んだんだろう。だったらさっさと帰れ」

言いながら亮二は、用意した領収書に乱雑に宛名と但し書きを書くと、それをみのりに握らせた。

「あ、あの……っ、亮二さん――」

突然のことに、みのりは狼狽えずにはいられなかった。

ついさっきまでは、和やかな雰囲気だったのに。

トマトのコンフィチュールを作るところを見せてくれて、フジミ青果の話もしてくれた。

それなのに今の空気は最悪だ。

対する亮二はみのりの肩を押して店先まで連れて行くと、傘立てに立ててあったみのりの傘を手にとって無造作に広げた。

そして困惑しているみのりにそれを持たせると、今までで一番冷ややかな視線を向ける。

「お前、もう二度と店に来るな。どんなに媚を売られても、お前のとこに広告を出すつもりはないから」

「そ、そんな……」

「諦めろ。次に押しかけてきたら……そのときは正式に、丸印出版に抗議の電話を入れるからな」

ピシャリとそれだけを吐き捨てた亮二は、そのまま踵を返すと店の奥へと消えてしまった。

みのりはただ呆然としながら、その背中を見つめていることしかできなくて——。

(だ、騙すようなことをしたから、今度こそ軽蔑されたんだ……)

亮二が、トマトのコンフィチュールについての大切な思い出を語ってくれたことを思い出して胸が痛んだ。

同時にみのりは改めて、自分がしたことの愚かさを思い知った。

——帰ろう。

雨の中、フジミ青果に背を向ける。

みのりはそのまま、コンフィチュールの入った紙袋を抱えて、帰路につくしかなかった。

涙の言い訳には新玉ねぎ

「おい、西富！　お前、このままだと今月もノルマが危ういんじゃないか!?」

いよいよ月末が差し迫ってきた金曜日。

みのりは出社早々、部長に捕まり、懇々と説教を受けるはめになった。

月末はいつもこうだ。

部長の機嫌が悪い日が増え、ノルマを達成できそうにない人間は決まって標的にされて、こってりと絞られる。

社内の空気もピリピリしていて、誰もが忙しなくフロア内外を動き回っていた。

「一応、先週一軒、契約も取れたらしいが、それより前に以前から広告を出してくれていた店に契約を切られたそうじゃないか」

「は、はい……。でもそれは、広告費の割に宣伝効果がみられないというのと、このご時世なので広告費を支払うのが難しいというお話だったので……」

「バカ！　そんなもん、その店だけじゃなくてどこも同じだろうが！　お前の頭の下げ方と、食い下がり方が足りないんだよ！　今流行りの土下座でもなんでもするつもりで、もっとしつこく頼み込んでこい！」

ドン！と拳を机に叩きつけた部長を前に、みのりは肩を揺らして俯いた。

言い返したいことは色々ある。

なのに今、なんの反論もできないのは、部長の言っていることがあながち間違っているとも言えないからだ。

「お前が担当になってから契約を切られたなら、お前に何かしら落ち度があったと考えるのが普通だろう」

「……すみません。もう一度、先方にアポを取ってみます」

結局、みのりは激昂する部長に頭を下げて、引き下がるしかなかった。

そうして下を向いたまま、足早に自分のデスクを通り過ぎるとお手洗いに向かった。

（――悔しい、悔しい、悔しい！）

頭の中ではグルグルと同じ言葉が巡っている。

しかしそれが誰の何に対する感情なのか、今のみのりには精査する余裕はなかった。

「おい！　西富、大丈夫か？」

と、そのとき。あと少しでお手洗いに着くというところで、聞き慣れた声に呼び止められた。

二の腕を掴まれ、思わずふらりと身体を揺らしたみのりを、声の主は間一髪のところで受け止めた。

「わ、悪いっ。急に引っ張って」

「朝日町……」

同期の朝日町だ。

先ほどのみのりと部長のやり取りを見ていて、心配して追いかけてきたのだろう。

「どこ行くんだよ」

「……お手洗いだよ」

「それならいいけど……。お前、大丈夫か？　顔色悪いぞ」

背の高い朝日町はそう言うと、眉根を寄せながらみのりを見下ろした。

慌てて視線を逸らしたみのりは小さく息を吐いて、下唇を噛みしめる。

「俺で良ければ話聞くし。この後なら少し時間も取れるから、そっちの休憩スペースで――」

「……いいよね、朝日町は」

「は？」

「月末なのに、そうやって誰かを心配する余裕があるんだもん。私はいつでも自分のことでいっぱいいっぱいで……誰かを気遣う立場になんて、なったことない」

吐き出された言葉に、朝日町は眉間のシワを深くして怪訝な顔をした。

反対にみのりは、「離して」とつぶやくと、自分の腕を掴んでいた朝日町の手を解いた。

「お前……何が言いたいんだよ」

「そのままの意味だよ。朝日町には、落ちこぼれの私の気持ちなんて一生わからないってこと。だから、話を聞いてもらわなくても大丈夫。自分のことくらい自分でなんとかするから」

続けて口から吐き出された言葉にも、隠しきれない棘と毒が含まれていた。

こんなの、ただの八つ当たりだ。

（朝日町は、何も悪くないのに……）

それでも堪えきれなかった。

とにかく今は何を言われても苦しくなって、早くここから逃げ出してしまいたかった。

「西富、お前――」

「――ごめん、今の無し」

咄嗟に手の甲で顔を隠したみのりは、朝日町の前にもう片方の手のひらを突き出した。

自分を心配して追いかけてきてくれた朝日町に、酷いことを言ってしまった。最低だ。

改めてそれを自覚したら、今度は自己嫌悪に押しつぶされそうになる。

「ごめん、私、ちょっとイライラしてた。だから今のは全部忘れて。ほんとにごめん」

「西富……」

「朝日町は今日も午後からメディマ部と打ち合わせでしょ？　私もこの後、部長に言われたお店にアポ電入れたり、外回りで社外に出なきゃだから——大丈夫」

「大丈夫って……なぁ」

「江ノ島ユズリハ先生への挨拶も、来週の頭に行くことになったんでしょ？　せっかく私がコンフィチュール買ってきたんだから、有効活用してよね！　お互い、仕事……頑張ろう！」

最後は努めて明るく言うと、顔を隠した手をおろしてみのりは笑った。

精いっぱいの強がりだ。

朝日町は相変わらず眉根を寄せたまま難しい顔をしていたが、何を言ったらいいのかわからないといった様子で視線を逸らした。

「……じゃあ、私、行くね」

そのままみのりは踵を返して、朝日町と別れた。

ズキズキと、胸が火傷をしたあとみたいに痛い。

胸の前で握りしめた拳は震えていて、みのりは用もないのに早足でお手洗いへと向かった。

「はぁ……気が重い」

翌日の土曜日、みのりは四週連続で藤沢市の本鵠沼駅に降り立った。

昨日、部長に指摘された件の店に、これから頭を下げに行くのだ。

お店の名前は、〝Cafe ヤドリギ〟。

数年前から、おいしいシルシでカフェ特集や湘南特集を扱うときには決まって広告を出してくれていた店舗のひとつで、今は二代目が店主を務める地域に根づく老舗店だ。

「えっと……地図アプリで見ると、道はこっちであってるよね」

以前、ここへ来たときに見事な彩りを見せていた紫陽花は見頃を終え、花の色が薄れている。

目的地であるヤドリギは、最寄り駅が同じフジミ青果とは駅を挟んで反対側にあった。

踏切を渡れば、真っすぐに延びた道が目に入る。

ふと足を止めたみのりは、おもむろに後ろを振り返った。

(考えてみたら、初めてフジミ青果で雨宿りしたとき、本当はヤドリギに行くつもりだったんだよね。でも、亮二さんに色々言われて、結局行くことができなくなって……)

『金を払ってまで広告を載せるには、それ相応の理由があって然りだろう』

『そもそも自分が一度も商品を買ったこともない店を、赤の他人に自信を持って勧められるのか？』

亮二の言葉を思い出したみのりは、思わず足元へと視線を落とした。

結局、亮二の言うことに影響されて、本来の目的が果たせなかったのだ。

ということは、あのとき亮二にあんなことを言われなければ、もっと早くにヤドリギにも足を運べて、部長に怒られることもなかったかもしれない——。

「……って、それも八つ当たりか」

自嘲したみのりは踵を返すと、ゆっくりと歩き出した。

フジミ青果は、今日は営業しているのだろうか。

以前、不定期営業だと亮二が言っていたし、今日はさすがに休みかもしれない。

（なんて……そんなことを考えても、フジミ青果には二度と行けそうにないんだけど）

先週の帰り際、亮二には『もう二度と店に来るな』と言われてしまった。

次に押しかけてきたら丸印出版に苦情を入れるとまで言われたら、さすがのみのりもお手上げだ。

「もし……私が丸印出版を辞めたら、また普通にお客さんとして行ってコンフィチュールを買えるのかなぁ」

ぽつりとこぼした言葉は、誰に届くでもない独り言。

馬鹿馬鹿しい。考えるだけ無駄なこと。

最後に見た亮二は、もうみのりの顔を見るのも嫌といったふうな顔をしていたし、さすがのみのりでも、自分を嫌っている店主がいる店に商品を買いに行けるほど、無神経でもなければ肝が座っているわけでもなかった。

「あーー。ダメダメ。もう、余計なこと考えるのヤメ！」

いつの間にか、下ばかり向いて歩いていた。

みのりは再び足を止めると、自分の頬をパチンと叩いてから「ふぅ」と短く息を吐く。

今日は、ヤドリギに用事があるのだ。

フジミ青果のことを考えている場合じゃない。

ヤドリギの店主に、広告掲載をやめる理由について再度確認すること。

そして、なんとかして契約を継続してくれるように頼み込まなければいけないのだ——。

「最悪、今流行りの土下座でもなんでもするっきゃないか……」

部長に言われた言葉を思い返して、みのりは思わず苦笑した。

「……行こう」

再び歩き出した足は鉛のように重い。

それでもなんとか顔を上げて、みのりは目的地へと急いだ。

「……ほんとに来たのか」

ヤドリギに到着したのは、午後二時半を回った頃だった。

昨日、みのりが電話でアポイントメントを取った際に、ランチタイムとディナータイムの間ならば多少の時間が取れるかもしれないと言われたためだ。

木目の美しいアンティークドアを開ければ、コーヒーの豊潤な香りに出迎えられたが、今のみのりにはそれを堪能する余裕はなかった。

「本日はお忙しいところ、お時間をくださりありがとうございます。私、丸印出版企画営業部の西富と申します」

みのりがそう言って頭を下げればヤドリギの店主――高谷は、「ふん」と鼻を鳴らして目を細めた。

「会うのは初めてだよな。前の担当者には遠い昔に会ったことがあるけど、新しい担当に変わるって連絡が来て以降、それっきりだったし」

早速、痛いところをチクリと突かれた。

これこそ、みのりが部長のお説教に反論できなかった一番の理由だ。

前担当者だったみのりの元上司は、引き継ぎもほとんどせずに自己都合退職してしまったため、当時はバタバタしていて、契約店舗に直接挨拶に来る時間が取れなかった。

それでもいつか、どこかのタイミングで、担当が変わった件についてと新担当として、直接ご挨拶に伺わなければいけないと考えていた。

けれど、『長くうちに広告を出してくれているお店』という安心感からくる甘えによって、みのりはその後も直接挨拶に来ることを怠り、先延ばしにしていたのだ。

（本当なら何よりも優先してやらなきゃいけないことだったのに……）

その結果が今だ。ある日突然、『広告掲載をやめる』という連絡が来て、泡を食った。

「ご挨拶に来るのが遅れて、誠に申し訳ありませんでした！」

みのりは慌てて名刺を取り出すと、もう一度深々と頭を下げてから、それを高谷の前に差し出した。

「……別に、名刺の催促をしたわけじゃないんだけど」

対して、前髪をかき上げた高谷はため息をひとつついて名刺を受け取ると、温度のない目で手の中の紙切れを見やる。

ヤドリギの店主、高谷の見た目は三十代前半の、線の細い男だった。

白いコックコートがよく似合っている。

背はみのりよりも頭一つ半ほど高く、銀の細フレームの眼鏡をかけたインテリジェンスな容姿をしていた。

フジミ青果の店主、亮二ほどではないが、涼し気な目元が印象的な整った顔立ちをした二枚目だ。

そして亮二と同じく、肌が小麦色に焼けている。

「で、あまり時間もないから、さっさと要件を聞かせてもらえる?」

先に本題を切り出され、ごくりと喉を鳴らしたみのりは肩にかけた鞄の中から、おいしいシルシの最新号と企画書を取り出した。

「はい。昨日、お電話でも少しお伝えさせていただいたのですが、おいしいシルシに掲載していただいているヤドリギさんの広告の件でご相談がありまして……」

「ご相談って言われてもね。もう一ヶ月近く前に、今後は広告を出すのはやめますってメールしましたよね」

「……はい。その節はご丁寧に理由も添えてくださり、ありがとうございました。ですが今一度、契約についてご検討いただきたく、本日はこちらを持参いたしました」

そこまで言うとみのりは手に取ったおいしいシルシと企画書を差し出した。

けれど高谷はそれを一瞥しただけで腕を組み、受け取らない。

「悪いけど、もう今さら何をしてもらっても、おたくに広告を出すつもりはないからさ。今言ったとおりメールを送ってからもう一ヶ月近く経ってるし、そのときなんのアクションもなかったのに、今さら何を考えろって言うんだよ」

冷たい声がみのりを斬った。

みのりは怯みかけたが、雑誌を握る手に力を込めて、もう一度高谷に食い下がった。

「はい。高谷さんが仰ることはごもっともです。本来であれば私がもっと早くにご挨拶に伺わなければならなかったのに、今日まで先延ばしにしてしまって本当に申し訳ありませんでした。ですが、近々また湘南特集とカフェ特集を組む予定でして、是非ヤドリギさんの広告を掲載できたらと思っていて……」

　必死に紡いだ声は緊張と恐怖で震えていた。

　頭の中では部長から受けた『お前の責任』という叱責（しっせき）がグルグルと巡っていて、とにかく思いつく限りの言葉を並べて縋（すが）りつくことしかできない。

「ヤドリギさんは、定期的においしいシルシに広告を出してくださっていましたし、私共も雑誌の購買層に合った素晴らしいお店だと認識していたので、これからも素敵な関係を築いていけたらと考えております……！」

　バクバクと高鳴る心臓は、今にも口から飛び出そうだ。

　まるでマラソンを走り終えたあとのように呼吸が浅くなって、口の中がカラカラに渇いている。

「一度こちらの企画書に目を通していただければ、またおいしいシルシの魅力を再認識していただけると思います！　以前、担当のものが持ってきたときよりも、さらに内容が濃くなっているページもありますので、是非もう一度こちらを――」

「だから！　いらないって!!」

「あ……っ」

「今さら押し売りみたいなことされても迷惑なだけなんだって、なんでわざわざこっちが言わないとわかんないかなぁ!?」

差し出した企画書は、高谷が上げた怒声と共に床に叩き落とされた。

払われた手のひらが、痺れるように痛む。

一瞬、何が起きたのかわからず呆然としたみのりは、自分の足元で無残に散らばった企画書を見て、再度現実へと引き戻された。

「押し売り……」

(ああ、そういえば亮二さんにも、『悪徳セールスみたいなもんだぞ』って言われたっけ)

言われたときは『ごもっとも』だと思った。

だけど、あのときはまだ――きちんと受け止めて、しっかりと自分の気持ちを説明することができていた。

「悪いけど、こっちも暇じゃないんだ。一応、これまでの付き合いもあったし、礼儀として最後くらいは会って話すことを了承したけど……。このあとディナータイムの仕込みもしなきゃいけないし、これ以上居座られても困るんだよ」

追い打ちをかけられたみのりは、いよいよ何も言い返せなくなった。

亮二のときはまだ食い下がれた。

別に仕事相手に手酷く断られるのも、これが初めてというわけじゃない。

でも今は、しぶとく追い縋る気力が湧いてこなかった。

全身から力が抜けて、立っているのもやっとだ。

「……もうわかったら、そこに落ちてる企画書拾って帰ってくれ」

吐き捨てるように言われて、みのりはのっそりとしゃがみ込むと足元に散らばった企画書を拾い集めた。

フロアは年季が入った板張りの床だが、隅々まで掃除が行き届いていて清潔感がある。

一枚、もう一枚。

そしてみのりは、最後の一枚を拾おうと伸ばした手を止めて、

（こうなったらいっそのこと、このまま土下座でもするしかないかな？）

なんて、バカなことを考えた。

「……あっ」

「……ほら。これで最後だろ。手、払ったりして悪かったな」

と、迷っていたみのりの目の前で、高谷が最後の一枚を拾い上げてみのりに手渡した。

我に返ったみのりは、高谷を見上げる。

バツが悪そうにしているところを見ると、カッとなったことを後悔しているのだろう。

「あ、ありがとうございます」

「いや……そもそも俺が、はたき落としたやつだし」

決して悪い人ではないのだ。

腰に手を当て視線を斜め下に逸らした高谷は、まだ何か言いたそうに口籠ってから黙り込んだ。

「あの……。もう一度だけ、広告掲載をやめたい理由を教えていただけますか？」

そんな高谷を前に、みのりは再び静かに口を開く。

「すみません。今度こそ、これで最後にしますので……」

手の中にはシワになった企画書が収まっている。

なんとなく、高谷の口から直接広告掲載をやめる理由を聞けたら、自分を納得させられるような気がした。

（——ううん。理由を聞けたら、私は今度こそ、ここから逃げ出せるような気がしてるんだ）

「はぁ……」

そうして小さく息を吐いた高谷は、一瞬迷った素振りを見せてからゆっくりと口を開いた。

「最後に送ったメールにも書いたけど、一番は広告費の割に宣伝効果がみられないってところかな」

「はい……」

「あとは、やっぱりこのご時世、広告費用を捻出するのも楽じゃないんだよ。……店としては削れるところは削っていかないと、立ち行かなくなることもある。だから、仕方がないことなんだ」

そこまで言うと高谷は、気まずそうな顔をして目を伏せた。

以前、みのりの元上司である、おいしいシルシ前担当者も似たようなことを言っていた。

『広告費ってのはさ、会社や店の経営が厳しくなったら、いの一番に削られる経費なんだよ。つまり、一番〝無駄〟に近い経費ってわけ』

そして広告費を無駄か、無駄ではないか判断する基準は、目に見える効果しかないため『広告を売る』のは難しいのだと語った。

「まぁ正直、俺も最初は付き合いで広告を出し始めたみたいなところもあったしな。……あんたの前の前の担当者が、昔からの知り合いでさ」

「そ、そうだったんですね。存じ上げておらず、申し訳ありませんでした」

謝ることばかりだ。

まさか、契約のきっかけが知り合いからの声かけだったとは。

思いもよらない話に驚いたみのりは、慌てて立ち上がるとぺこりと小さく頭を下げた。

「今はもう、その知り合いもおいしいシルシの担当ではなくなったし、これ以上の義理を貫く理由もない。安くない広告料を、身を切って払っているのに……宣伝効果を感じられないなら、やめるってのは当然の判断だろ？」

諭すように言った高谷は、みのりの手の中の企画書と雑誌を見て眉根を寄せた。

高谷が述べた理由は理にかなった、正当なものだ。

担当者として、今、ひとつも言い返せないのが悔しい。

何よりみのりは、この場で何もできない自分が情けなくてたまらなかった。

（もうダメだ……。取り付く島もない）

潔(いさぎよ)く、諦めて帰るしかない。

けれど、そう思ったみのりが「ありがとうございました」と言って頭を下げ、手に持っていたおいしいシルシと企画書を鞄の中に押し込んだ瞬間――。

「おーい、翔太(しょうた)。頼まれてた新玉ねぎのコンフィチュールやら、色々持ってきたぞ」

突然、聞き覚えのある声が背後から聞こえて、みのりは弾かれたように振り向いた。

「え……」

「あ……」

扉を開けて現れたのは、亮二だった。手には段ボールを抱えている。

（ど、どうして……？）

一瞬、何が起きたのかわからず、みのりは呆然として固まった。

けれどそれは亮二も同じで、店の扉を身体で押さえて開けたまま、唖然（あぜん）とした様子で立ち尽くしていた。

「なんで亮二さんがここに――」

「なんでお前がここに――」

数秒の沈黙のあと、ふたりの声が重なった。

みのりは咄嗟に口を噤（つぐ）んだが、亮二は不意に何かを思い出したような顔をして、みのりの背後に立つ高谷へと視線を滑らせた。

「なんだ。ふたり、知り合いなの？　って、ああ、そういえば前に――」

「しょ、翔太！　今、その話はいいから！」

何かを言いかけた高谷の言葉を、突然声を荒らげた亮二が切った。

ビクリと、みのりの肩が揺れる。

そのまま亮二は慌てた様子で店の中に入ってくると、持っていた段ボールを高谷に押し付けるように手渡した。

「……頼むから、余計なことは言うな」

「え？　あ、ああ……。そういうこと？」

何が『そういうこと』なのかは、みのりにはさっぱりわからない。

高谷は改めて亮二とみのりを交互に見ると、眉根を寄せて面倒くさそうに息を吐いた。

「あ、あの……お二人は、お知り合いなんですか？」

みのりが思い切って尋ねる。

すると今度は亮二と高谷が互いに顔を見合わせて、何から説明すればいいのか迷っているという顔をした。

「まぁ……知り合いっていうか、幼なじみ、みたいな？」

「幼なじみ？」

「そう。俺と亮二はガキの頃からの付き合いで。今でもまぁ仕事で繋がってたり、たまにサーフィンとかしに行くんだよ」

サーフィン――。

「あ……！　も、もしかして、だからお二人とも日焼けしてるんですか⁉」

「え？　あ……ああ、そうだよ。サーフィンやってるやつは大体っていうか、ほぼ全員焼けてるよな」

「なぁ？」と高谷は亮二に同意を求めたが、亮二は否定も肯定もせずに黙り込んでいた。

（そうだったんだ……）

みのりは亮二に初めて会ったときに、焼けた肌が健康的だなと思った。

引き締まった身体もスポーツかなにかをやっているからなのかと思ったが、サーフィンをしているからだったのだ。

そう言えば以前、フジミ青果に向かう途中で自転車にサーフボードをつけて走っている人を見たことがある。

それも、ウェットスーツ姿で自転車を漕いでいた。

（あのときは思わず二度見しちゃったけど、もしかして藤沢では別に珍しくもない光景なのかな……）

「……それで、どうしてここにお前がいるんだよ」

ようやく口を開いた亮二は、浮かない顔でみのりに尋ねた。

ハッとして我に返ったみのりは、ちらりと高谷の顔を見たあと、足元に視線を落として黙り込む。

「今、おいしいシルシの広告の件で話をしてたんだ」

「は？」

「いや……なんていうか、ヤドリギはもうおいしいシルシに広告を出すのはやめようと思って、今、西富さんに再度それを伝えたところでさ」

高谷は高谷で、みのりの手から企画書を受け取らずに叩き落としたことを思い出したのだろう。

気まずそうに視線を逸らすと、口ごもった。

「……ああ、そういうことか」

と、何故か納得した様子で頷いたのは亮二だ。

みのりと高谷は同時に顔を上げると、腕を組み直して顎を上げた亮二を見やった。

「お前……最初にうちに来たときに行く予定だった、〝本鵠沼駅近くの掲載をやめる店〟って、ヤドリギのことだったんだろ」

「え？」

「三週間前に、こいつ、この辺りで迷子になってたんだよ。で、うちの店先で雨宿りをしてるところを保護したんだけど、多分、そのとき俺に説教されて、ここに来られずに帰ったってところだな」

図星を指された上に、すべてをバラされてしまったみのりは今度こそ沈黙した。

顔が熱い。

高谷は驚いた様子でみのりを見たが、みのりは慌てて俯いたあと顔を上げることができなかった。

「じゃあ、本当はあのメールを送った直後にも、ここに来る予定で――？」

だけど結局、怖気（おじけ）づいてヤドリギには行けなかった。

あのとき、亮二の言葉に何も言い返すことができなかったみのりは、ヤドリギに行ったところで再契約を取れる気がしなかったからだ。

「も、申し訳ありませんでした。結局、そのあと今日までご挨拶に伺うことができなくて……」

最初にここに来たときと同じように謝罪を述べたみのりは、俯いたままで両手を強く握りしめた。

対して高谷は、返事に迷っている様子だった。

「それで？　やっぱり、お前の気持ちは変わらないのか？」

尋ねたのは亮二だ。ハッとして振り返った高谷は、困惑しながら口を開いた。

「え……？　あ、ああ。広告費も馬鹿にならないし……なんていうか、あんまり宣伝効果が良い方向に向いてると思えなくて。さっき、正式にやめるって話でまとまったところ」

改めて言葉にされると、その事実が重りのようにみのりの肩にのしかかる。

週明け、今の話を部長に報告することを考えるだけで恐ろしい。

昨日の朝の比ではないくらい、みんなの見てる前でこっぴどく叱られ、糾弾（きゅうだん）されて、またノルマが達成できなかったことを強く責められるのだろう。

「宣伝効果が良い方向に向いてると思えないっていうのは、具体的にどういうことなんだ？」

と、落ち込むみのりを尻目にまた亮二が高谷に尋ねた。

するとと高谷は一瞬驚いた顔をして固まってから、また視線を斜め下へと逸らして言い淀んだ。

「……もちろんそれは、宣伝効果がみられないって話だよ」

「嘘つけ。今のはそういう言い方じゃなかっただろ。本当はもっと具体的な、広告を出すのをやめたいって結論に至った理由が他にあるんじゃないのか？」

亮二が鋭く切り込んだ。

対する高谷は俯いたまま、黙り込む。

（広告を出すのをやめたいという結論に至った、本当の理由――？）

そうして高谷はしばらく沈黙したあと、観念した様子で重々しくため息をついてから話を始めた。

「本当は……おいしいシルシの宣伝は、集客という意味では多分、効果はあったんだ」

「え……」

「だけど、集まってきた一部の客と、何より掲載の仕方がこちらとしては不本意なもので……。だから、もういっそのこと広告を出すのをやめようと思った」

思わぬ高谷の言い分に、みのりは驚いて目を見張った。

先ほどまで、おいしいシルシに広告を出すのをやめる理由は、『広告費用の問題』と、『宣伝効果がみられないこと』だと言っていたのに。

「これは、あんたの前の担当者との話になるんだけど。前の担当者が、うちの広告を出すときに考えたキャッチコピー、あるだろ？」

そう言われてみのりが思い出したのは、ヤドリギの広告枠に書かれている文言だ。

【湘南にある、今話題の最新カフェ！　一押しは店主自慢のふわとろパンケーキ。ＳＮＳ映え間違いなし！】

今時の、目を引く人気ワードをすべて詰め込んだような文言。

みのりは今日まで、それに違和感を抱いたことすらなかった。

「あのキャッチコピーになる前のやつはさ、控えめな内容で少し弱いし、もっと攻めたものに変えたほうがいいって前の担当者に言われて……。それで数年前に、今のやつに変えてもらったんだ」

つまり、それから今日まで、ずっと同じキャッチコピーというわけだ。

とすると高谷は、『今話題の最新カフェ』というところに引っかかりを覚えているのかも？と、みのりは思った。

「まず、最新カフェってところだけど。見ての通りうちは、どちらかというとレトロ味が強い店だ。それは、じーさんがやってた頃からの店の名残を残しつつ、俺なりの店にしていきたいって思いがあったからで……」

言われて改めて店内を見回したみのりは、確かに、と納得して頷いた。

アンティーク調でまとめられた店内は、壁に古いレコードや雑貨が飾られていて、オシャレではあるが〝最新〟というには違和感がある。

前担当者は〝集客率を上げるため〟に人気ワードを並べたのかもしれないが、だいぶイメージとは異なる言葉をチョイスしたのだ。

「だから、しばらくして前の担当者にもキャッチコピーを戻すか変えたいって言ったんだけど、『前のものより今のほうが集客率が上がったなら、変えるのは勿体無い』って言われてさ」

実際、キャッチコピーのふわとろパンケーキを求めて来店する客は増えたらしい。

けれど前担当者はその話をした数ヶ月後には丸印出版を退職してしまい、高谷の中ではずっと不完全燃焼のまま鬱々としていたということだ。

「そもそも、広告を出すなら集客率を上げたいってこっちが相談して、前担当者がそれを叶える形で変えてくれたのが今のキャッチコピーだったし、不満を言うのもどうかと思って……」

「だけど、お前は広告費を払ってる客の立場なんだから、もっと強く〝気に入らないからキャッチコピーを変えてくれ〟って言ってもよかったんじゃないか？」

思わずといった調子で口を挟んだのは亮二だ。

亮二の言うことは尤もなので、みのりも心の中で頷いた。

「もちろん、それは……わかってたつもりだ。でも、前担当者の言うように客が増えたのは事実だったし、キャッチコピーを変えたことで集客率が下がったら、丸印出版に余計な手間をかけるだけのクレーマーみたいになるかと思ってさ……」

　言いながら高谷が肩を落とした。

　もちろん、高谷のように広告に載せる文言を変えてほしい、デザインを変えてほしい、写真を別のものにしたい……などの連絡は当たり前にくる。

　別に普通のことだし、そういった連絡がくればその都度対応して広告を作成しているデザイナーにきちんと伝えて、丁寧に修正をしてもらう。

　けれど修正内容や頻度は店舗によって様々で、毎回内容を変えるところもあれば、こちらが変更するか提案をしても『このままでいい』と言って、何年も同じ内容や似たようなことを掲載しているところもあった。

「別に、修正依頼を出されたところでクレーマーだとか考えないだろ」

「それは、そうかもしれないけど……。でも、やっぱり広告を出す以上、それを見てうちに来る客が増えることを願ってるわけで……。わざわざ、客が減るような内容に変更するのもどうかと思うし、俺もずっと迷ってたんだよ」

　そこまで言うと高谷はまた眉根を寄せて、足元へと視線を落とした。

　先ほど高谷が言っていた言葉が、みのりの脳裏をよぎる。

『安くない広告料を、身を切って払っているのに……宣伝効果を感じられないなら、やめるってのは当然の判断だろ？』

高谷は広告の宣伝効果は感じていたのだ。

だけど、キャッチコピーの文言が気に入らないから広告を出すのをやめようと思ったということなのだろうか？

「で、今回、急にやめるって言い出したのはなんでなんだよ」

再び切り込んだのは亮二だ。

高谷は下を向いたまま、またしばらく沈黙したあとで、ようやく観念したように話を始めた。

「少し前から、店に来た客が〝騙された〟ってＳＮＳに投稿してるのが目につくようになったんだよ」

「ＳＮＳの、口コミ？」

「……ああ。【最新のカフェじゃなくて、昭和レトロなカフェで騙されました】とか、【今時の湘南のオシャレカフェに行きたい人は要注意】とか、【店内はかなり古臭い】とか書くやつが一定数いてさ」

驚いた。けれどみのりは、ヤドリギに対するそういった口コミを見かけたことが確かにあった。

（でも私は、どの店舗にも一定数の低評価がつくのは仕方がないことだと思って、あまり深く考えていなかったんだ……）

それがまさか、自分が担当している雑誌のせいで投稿された口コミだとは露ほども思わず。

自分で自分が情けなくなったみのりは唇を噛みしめ、拳を強く握った。

「それとパンケーキに関しても、写真だけ撮ってほとんど食べないで帰る客がいたり、他の客がいるのに店内の写真を撮って回る客がいたり、注意するとそれをまたSNSの口コミに【店員の態度が悪くて最悪だった】とか書かれたり……」

つまりそれが先に高谷が言った、『宣伝によって集まってきた一部の客』というわけだ。

もちろん中には広告を見てヤドリギに足を運んで料理を食べ、リピーターとなって何度も通ってくれるお客様もいたが、迷惑客もあとを絶たなかったのだろう。

「だったら尚更、そういうことがあるから広告の内容を変えてほしいって言えばよかっただろ」

相変わらず亮二が正論を述べる。

けれど高谷は悔しそうに顔を赤くすると、堪りかねた様子で亮二に詰め寄った。

「言えるわけないだろ！　そんな、SNSに書かれた内容が不満だから広告を変更してくれなんて、情けなくて言えるはずがない！」

「は？」

詰め寄られた亮二は眉間にシワを寄せ、意味がわからないといった顔をした。

それを見た高谷は興奮した自分を落ち着かせるように深呼吸をすると、腕を組み、ふいっとそっぽを向いて今度は努めて冷静に話し始めた。

「じゃあ、例えば、俺がお前に今の話を相談していたとする。そしたらお前はなんて言う？　〝そんな、ＳＮＳの口コミなんか気にする必要ない〟、〝迷惑行為をする客には、正々堂々注意をすればいい〟って言っただろ」

高谷が断言する。

指摘された亮二は図星だったのか、何も言い返さずに押し黙った。

「だから、丸印出版の〝今の〟担当者にもそう思われるのがオチかと思ったら、何も言えなかったんだよ。……実際、ＳＮＳの口コミくらいで凹んだり、細かいことを気にしたりしてる自分も情けなかったし、いい年してＳＮＳの評価を気にしてるなんて恥ずかしくて言えないだろ」

今の高谷の耳は赤い。

それは羞恥（しゅうち）と悔しさの両方からくる色に、違いなかった。

「迷惑な客に関してもそうだ。注意して、後々ＳＮＳや口コミに店員の態度がどーのこーのと書かれたら厄介だと思って強く出られなくて……。まるで、クラスのイジメを注意できない担任教師かよって思ったら、もうなんか色んなことが馬鹿らしくなってさ」

かと言って、先も言ったとおり『ＳＮＳの評価が気になるから広告を変えてくれ』とは、プライドと羞恥心が邪魔をして丸印出版には言えなかった。

だから高谷は悩んだ末に、こんな思いをするくらいなら、もういっそのこと広告を出すこと自体をやめてしまえばいいという結論に至ったのだ。

「余計な評価に惑わされず、じーさんがそうしてたみたいに、この店を良く思ってくれる客だけを大切にしたほうが楽だと思った」

そこまで言うと高谷は、ちらりと亮二の顔を見る。

「あとはさっきも言ったとおりだ。そもそも、おいしいシルシに広告を出すことを決めたのは——西富さんの、前の前の担当者が知り合いだったってことで、半分付き合いみたいなところもあったからな」

対する亮二はそう言った高谷から目を逸らすと、バツが悪そうな顔をして黙り込んだ。

「今のが、俺が広告を出すのをやめようと思った〝本当の理由〟だ。広告費だとか宣伝効果がどうとか、嘘を言って悪かったな。……そう考えると、あんたがなかなか納得しなかったのも、半分は俺のせいか」

話し終えて自嘲した高谷を前に、みのりは胸の前で握りしめた拳に力を込めた。

（そうか、そうだったんだ……）

おいしいシルシに載せた広告には宣伝効果があった。

けれどそれが、悪い方向へと向いてしまった結果が今なのだ。

「そういうわけだから、今度こそ、この話はこれで――」

「ヤドリギさんには、なんの落ち度もありません」

「……え？」

「高谷さんのせいだなんて、絶対にあり得ません」

すぅ、と息を吸い込んだみのりは、高谷の言葉を遮った。

そして顔を上げると真っすぐに高谷を見つめ、背筋を伸ばす。

「悪いのは私です」

「え？」

「今のお話を含め、相談しやすい関係を築いてこなかった私が悪いんです。私が営業担当として高谷さんに信頼していただけていれば、今日まで高谷さんをひとりで悩ませることもありませんでした」

そこまで言うとみのりは、改めて深々と高谷に向かって頭を下げた。

「本当に、申し訳ありませんでした！　私は……担当者失格です。口コミの件も高谷さんからお話を聞くまで気づくことができませんでした。本当に本当に、申し訳ありません！すべては私の、力不足です」

凜と通る声が、店内に響いた。

みのりは高谷の話を聞き、おいしいシルシに掲載している広告には宣伝効果があったのだと知り、心の底からホッとした。

しかしそれ以上に、広告主の想いに気づけなかったことが心に深く突き刺さった。

(悔しい。悔しくて、情けなくて、泣きたくなる)

けれど今、ここで涙を流したら、高谷にまた迷惑をかけることになるだろう。

みのりは頭を下げたままで、下唇を強く噛みしめた。

泣いてどうなる。

泣くのはひとりになってからだ。

今のみのりにできるのは、おいしいシルシの営業担当として、きちんと相手に謝罪をして誠意を見せることだ。

自分の非を認め、相手としっかり向き合って自分の気持ちを言葉で伝える。

「私は今日、初めてヤドリギさんにお伺いさせていただきましたが、前担当者が考えたキャッチコピーは、やはりお店には見合っていないと思います」

「…………」

「だから今、こんなことを言えば、また不愉快な思いをさせてしまうかもしれませんが……。いつかまた、ヤドリギさんの広告を雑誌に載せていただけるように、私も精進したいと思います」

情けない。情けないけれど、今のみのりにできることはこれしかない。

「これまで本当にありがとうございました！　今度は是非、プライベートでヤドリギさんのお料理を食べに訪店させていただきたいと思っておりますので――」

けれど、みのりがそこまで言いかけたとき。

「ちょっと待った」

「――え？」

唐突に高谷が動いて、そばのテーブルに置いた段ボールの中から小さな瓶を取り出した。段ボールは、先ほど亮二が持ってきて高谷に渡したものだ。

そして高谷が手にした瓶には、フジミ青果のコンフィチュールに貼られたラベルと同じものがついている。

「あ、あの……」

「……例えばだけど、この新玉ねぎのコンフィチュールもさ」

「え……」

「本当は、新玉ねぎのコンフィチュールなんて自分で作ろうと思えば作れるし。わざわざ他の店の商品を注文して料理に使って、店の中で販売してやる義理もないけど……もう何年も、続けてるんだよ」

唐突に話し始めた高谷は、そう言うとレジ横の棚をちらりと見た。

見ればそこにはフジミ青果に並んでいるコンフィチュールの一部が、ピラミッド型に綺麗に陳列されていた。

「それでも俺は、毎回こうやって亮二がわざわざ商品を届けてくれるから、フジミ青果と付き合っていこうと思うんだろうな」

フッと、息をこぼして何かを諦めたように高谷が笑う。

ここへ来て、みのりが高谷の笑顔を見たのは初めてだった。

張り詰めていた緊張の糸が解れて、店内の空気が変わったような気がした。

「……翔太、何が言いたいんだよ」

「大したことじゃない。俺はさ、本当の意味での付き合いとか信頼ってやつは、金じゃ買えないものだと思ってるって話だ。こいつと付き合っていきたい、自分はこいつを信頼しよう、信じてみたい——なんてのは、ある意味博打みたいなもんで、結局、どう転ぶのかも神のみぞ知るみたいなところがあるよな?」

同意を求められた亮二は難しい顔をして、「まぁそうかもな」とつぶやいた。

対する高谷は「ふー」と長く息を吐くと、改めてみのりへと目を向ける。

「丸印出版との付き合いもそうだ。当初は、知り合いを理由に広告掲載を決めたけど、結局そのあとの担当者のことは、信頼してなかったと思う」

高谷が今、何を言いたいのかみのりにはわからなかった。

それでもみのりは高谷の真意を汲み取ろうと必死に耳を傾けた。

そんなみのりを前に高谷はまた小さく笑って腕まくりをすると、新玉ねぎのコンフィチュールの瓶を持ったまま亮二を振り返った。

「——なぁ、亮二。久々に飯、食べてけよ」

「はぁ？」

「西富さんも一緒に。今、うちの一押しのメニュー作るからさ。あ、残念ながらふわとろパンケーキじゃないけどな」

イタズラに笑ってそう言った高谷は踵を返すと、店の奥の厨房へと消えてしまった。

残されたみのりと亮二はそんな高谷の背中を見送ってから、お互いにちらりと顔を見合わせて——。

あまりの気まずさから、慌てて視線を逸らして黙り込んだ。

（な、な、な、何が起きたの……？）

急展開に、ついていけない。

何より、改めて考えてみるとみのりが亮二と会うのは先週の土曜日に、『もう二度と店に来るな』と言われて以来なのだ。

どんなに媚を売られてもお前のとこに広告を出すつもりはないと言われて、次に押しかけてきたら正式に丸印出版に抗議の電話を入れるとまで言われた。

（気まずい……気まずすぎる）

　そんなやり取りをした亮二の前で、また広告掲載に関する話をしてしまった。

　まさか今度こそ丸印出版にクレームを入れられるんじゃ……？と、不安になったみのりは、慌てて便宜（べんぎ）を図ろうと亮二に目を向けた。

「あ、あのっ。この間は――」

「……あー、もう、面倒くさい」

「え？」

「ごちゃごちゃ考えるの、やめるわ。今日は美味いもん食べて帰る。お前もそうしろ」

　対して亮二は、居直ったようにそう言うと、近くの席にどっかりと腰を下ろした。

　長い脚を組み、テーブルの上に頬杖をついた亮二は、窓の外に目を向ける。

　呆気にとられたみのりは固まると、言葉を失くしてその様子を眺めた。

　けれど、すぐに我に返ると改めて亮二の言葉を頭の中で反すうする。

　もう面倒くさい。考えても仕方がない。

　美味いもん食べて帰る。お前もそうしろ――。

「お、横暴ですか……」

「せめて開き直りと言え」

「開き直りって……」

「なんだよ？　なんか文句あるのか」

「も、文句はないです。ないですけど……」

今は、その悪魔っぷりに助けられました。

なんて、口が裂けても言えそうにない。

「お前もいつまでもそんなところに突っ立ってないで、さっさと座れ」

「は、はい……」

そうしてみのりは迷った末に、亮二が座ったテーブルの隣のテーブル席に、横に並ぶように腰を下ろした。

ふたりの背後には、青い鳥をモチーフにした絵画が飾られている。

店内をぐるりと見回すことのできる席だ。

今は合間の時間のためか、ＢＧＭも流れていない。

代わりにふたりの間には、また息の詰まる沈黙が流れた。

(ど、どうしよう。座ったはいいけど、結局気まずい)

このままだと、自分の心臓の音が亮二の耳に届いてしまいそうだ。

というか、ひたすら気まずい。黙っていればいるほど、気まずさが増していく。

耐えきれなくなったみのりは小さく息を吸い込むと、思い切って口を開いた。

「あ、あの。さっきは、ありがとうございました」

「……なんのことだよ」

「亮二さんが助け舟を出してくださったから、高谷さんが広告を出すのをやめたいと言った本当の理由が聞けたので……」

そこまで言うとみのりは、膝の上で握りしめた手に力を込めた。

亮二が現れなかったら、みのりは高谷の本音を知らないままヤドリギとの契約を諦めることになっていただろう。

そして月曜日には部長に絞られ、またノルマに追われるだけの日々に逆戻りしていた。

(というか、あのまま帰っていたら、私は丸印出版を辞める決断をしてたかもしれない――)

だから、亮二が現れてくれたおかげで色んなことが首の皮一枚で繋がった。

もちろん亮二が意図したことではないだろうが、みのりの救世主となったのは確かだ。

「だから、あの……ありがとうございました」

座ったままで改めてぺこりと頭を下げたみのりは、綺麗にアイロンのかけられたテーブルクロスを眺めた。

「……お前はさ、なんでそんなに頑張ろうと思えるんだ」

「え？」

「営業職って辛いだろ。ノルマに追われて早々にリタイアする奴だって多いし、酷いと精神的に病む奴だっている」

と、おもむろに口を開いた亮二は、頬杖をついたままでみのりに尋ねた。

亮二の目は、みのりが座っている席とは反対側にある窓のほうを向いている。

思いもよらない問いにみのりは一瞬驚いて目を見張ったが、すぐに質問の内容を頭の中で繰り返して考えた。

――何故みのりは、営業の仕事を頑張れるのか。

亮二の質問はこうだ。

そしてその問いの答えを求められている。

「なんで……なんですかね。少し、考えてもいいですか」

「……ああ」

背筋を伸ばしてテーブルの上に視線を落としたみのりは、まず、丸印出版に入社したばかりの頃のことを思い出した。

みのりが丸印出版に入社し、企画営業部に配属されたとき、朝日町以外にもあとふたり、同期がいた。

ひとりは朝日町に負けず劣らずの高学歴女子で、もうひとりは編集者志望の男子だった。けれど、ひとりは三ヶ月が経った頃に『自分にこの仕事は向いていない』という理由で辞め、もうひとりは『ノルマが辛い』と言って半年で辞めてしまった。

そのときにみのりは朝日町に、今の亮二の質問と似たようなことを聞かれた。

『お前は辞めないよな？』

まぁ別に、辞めたいって言うなら引き止めないけどさ。

朝日町はそう続けたが、そのとき確か——みのりは朝日町に、こう答えたのだ。

「〝私には、これしかない〟って、思っているからかもしれません」

みのりがぽつりとつぶやくと、それまで窓のほうを向いていた亮二がおもむろに振り返った。

「自分には、これしかない？」

「はい。私って、昔から何か特別な特技があるわけではないし、なんとなく決めた高校から、なんとなく四年制の大学に入って、結局なんの夢も見つけられずに就活することになった奴なんです」

別に珍しくもない話だ。

学生時代、みのりの周りには似たような友人や同級生がたくさんいた。

「それで、いざ就活ってなったら六十社受けて、六十社落ちました。本気の全落ちです。当時は、どうして受からないのか理由が全然わからなくて……。そのうち、お祈りメールを読むたびに、〝私は社会に必要とされない人間なんじゃ……〟って落ち込むようになりました」

当時は、先の見えない暗闇を歩いているような毎日だった。

【西富様の、益々(ますます)のご活躍を心からお祈り申し上げます】

お決まりの言葉で締めくくられたメールを六十通も受け取って、精神的にもかなり追い詰められていた。

「でも、そんな中で唯一、丸印出版に受かったんです。なんで受かったのか、未だに理由はわからないけど……。内定の連絡を貰ったときには、突然目の前が明るくなって、背中に羽根が生えたような気分でした」

亮二はきっと、それは大袈裟だと思っただろう。

けれどみのりにしてみれば、大袈裟でもなんでもなかった。

内定の連絡を受けた直後、思わず大声を出したくなって、枕に顔を埋めて『やったーーー!!』と力いっぱい叫んで下の階の人に、ドン！と天井を叩かれた。

「本当に、嬉しかったんです。ああ、私を必要としてくれる会社があった。私は、この会社の期待に応えたい。内定通知書を見ながら、そう思いました。丸印出版で頑張ろう。頑張りたいって思ったんです」

当時のことを思い出したら身体が火照(ほて)って、手のひらにじんわりと汗をかいた。

地獄の就活の末に、ようやく受かった会社。

それが今の丸印出版。

入社したばかりの頃は大きな不安とともに、大きな希望を胸に抱いていた。

「でも――」

ふと、視線を足元に落としたみのりは、続く言葉を飲み込んだ。

――でも。気がついたら営業ノルマの厳しさや、日々の忙しさに追われて、内定通知書を貰ったときの気持ちなんて失くしていた。

（そう考えると私は、大学生の頃から何も変わっていないのかもしれない）

頑張らなきゃと思うだけで、根本的に何をどう頑張ればいいのかわかっていない。

そんなだから結果がついてこないのは当然なのに、ひとりで焦って落ち込んで、とにかくノルマだけは達成しないとと考え必死になった。

「結局、私の頑張りっていつも空回りしてばかりだし……って。今、自分で言ってて気が付きました」

こぼした息が震えた。

みのりは、再び膝の上で握りしめた手に力を込めると、奥歯を強く噛みしめた。

「結局、今月もノルマを達成できそうにないし。フジミ青果の広告契約だってとれないし。今だってそうです。高谷さんに言われるまで、このお店のことも何もわかっていませんでした」

自分は営業担当なのに。

高谷の思いや悩みを察せず、とにかく広告契約を継続してもらうために、〝お願いすること〟を頑張らないと、と思っていた。

「あまつさえ、いっそ土下座でもするしかないかと……」

「土下座？」

「あ、いえ……。つまり、頑張る方向が、違いました。私が頑張るべきことは、ヤドリギの店主である高谷さんに信頼してもらえるような仕事をすることだったのに……」

ようやく気が付いた。気が付けた。

みのりの目には、じわじわと涙の膜が張って、鼻の奥がツンと痛んだ。

自分がするべきことは会社の期待に応えることではなく、まずは自分が担当しているお客様の期待に応えることだったのだ。

でも、残念ながら、今さら後悔しても遅い。

すべてに気付いてしまったら、益々自分が情けなくてたまらなくなった。

「こ、こんなんだから、ノルマも達成できないし、新規契約も全然取れないし、長く広告を出してくださってた店舗に契約は切られるし……。これで亮二さんに認めてもらおうなんて、身の程知らずにも程がありました」

そこまで言うとみのりはスンと鼻を鳴らして、俯いたまま自嘲した。

フジミ青果に広告を出してもらえるまで諦めない。

堂々とそんなことを宣言した過去の自分が恥ずかしくて、穴があったら入りたい。

「これまで色々、亮二さんには失礼なことばかり言って――」

「まぁ別に、身の程知らずでもいいんじゃないか？」

「へ……？」

と、不意に口を開いた亮二が、みのりの言葉を遮った。

「身の丈にあった生き方をするのが正解とは限らないし、時には自分のキャパシティ以上のものにチャレンジすることも大事だろ。失敗から学ぶことだって、たくさんあるし」

「ほら、今のお前みたいに」と、続けた亮二は、また頬杖をついてみのりを見つめた。

思わずみのりが顔を上げれば、視線と視線が交差する。

亮二の綺麗なアーモンドアイに見つめられたみのりは、息をすることも忘れて亮二の言葉に耳を傾けた。

「それと、頑張る方向が違ったたって思うなら、これから方向転換すればいいだけだ。途中で失くしたものはあるかもしれないけど、失くしたもの以上のものに出会えるように、また頑張ればいいだけだろ」

フッと息をこぼすように笑った亮二は、おもむろに手を伸ばすとみのりの頭に優しく触れた。

大きな手が頭の上で、ぽんぽんと小さく弾む。

こんなふうに誰かに頭を撫でられるのは、いつぶりだろうか――。

不思議と嫌な気はしない。それどころか心地よく感じている自分がいて、みのりは少しだけ戸惑った。

「お前は、自分の落ち度に自分で気付いて悩んで、反省できてる。それは社会人としても人としても立派なことだし、ノルマを達成するよりも大切なことだ」

「大切な、こと……？」

「ああ。それにお前はもうとっくに、社会に必要な人間だよ。だからまぁ、自分らしくやっていけばいいんじゃないか？　俺の見たところ、お前の一番の強みは〝諦めの悪いところ〟だし、これからも地道に根気強く頑張ったらいい」

頭の上に乗った大きな手も亮二の声も、温かくて優しい。

自然とみのりの目からは、大粒の涙が溢れて、頬を伝ってこぼれ落ちた。

涙の雫は膝の上で握りしめた手の甲にぽたりと落ちて、じんわりと染み込んでいく。

まるで今、亮二に貰った言葉のように――。

塞がっていた視界が明るく開けて、見えるものすべてがキラキラと輝いて見えた。

「す、すみません。私、泣いたりして」

慌てて我に返ったみのりは、亮二から目を逸らすと頬を伝う涙を拭った。

「い、いい大人が、こんなところでみっともないですよね……」

「まぁ……それは、玉ねぎのせいにでもしておけ」

「え？」

「玉ねぎを切ると、涙が出るだろ。だから今だけは、泣いてもいいんじゃないか？」

水面から魚が顔を出すように、みのりはそっと顔を上げた。

亮二はすぐにみのりから目を逸らしたが、耳の先が赤く染まっていることまでは隠せない。

自分でも、らしくないことを言ったと思ったのだろう。

みのりの頭の上にのせていた手をおろした亮二は、その手を数秒間、宙に彷徨(さまよ)わせた後、ある方向を指さした。

みのりが指の先をたどって前の席を見れば、そこには亮二が高谷に渡した段ボールがある。

その中には、〝新玉ねぎのコンフィチュール〟が入っていた。

ついさっき、高谷はそれを持って厨房に消えていった。

「ぜ、全部、玉ねぎのせい……」

「……だろ。俺も苦手」

亮二がそっぽを向いたまま照れくさそうに言うから、みのりはキョトンと目を丸くしたあと——思わず顔を綻ばせた。

「八百屋さんなのに、やっぱり玉ねぎも苦手なんですか」

「正確には八百屋と見せかけて、コンフィチュール専門店だしな」

「ふふっ、そうでした」

「そうなんだよ」

「おい。なーに、人の店でイチャこいてんだ」

そのときだ。不機嫌そうな高谷の声が割って入った。

反射的にみのりと亮二は声のしたほうへと目を向けた。

見れば手に平皿を二枚持った高谷が立っていて、訝しげな表情でふたりのことを見下ろしている。

「お前ら……まさか、そういう関係なわけ？」

「は？　そんなわけあるか」

「ふぅん。まぁ、いいけど。ほら、予告通り、ヤドリギ一押しのメニュー、作ってきたぞ」

そう言った高谷がテーブルの上に置いたのは、こんがりと焼色のついたポークソテーだった。

香ばしい、豚肉のおいしい香りが鼻先をかすめる。

厚みのあるポークソテーの上には、つやつやと飴色に輝く新玉ねぎのコンフィチュールが載っていて、そばにはレタスとミニトマトが添えてあった。

「これは？」

「ヤドリギ特製ポークソテー、新玉ねぎのコンフィチュール載せだ」

料理名も見たままだ。

ナイフとフォークの入ったカトラリーケースをそれぞれのテーブルに置いた高谷は、「温かいうちにどうぞ」と料理を勧めた。

（ポークソテーに、新玉ねぎのコンフィチュール……）

豚肉からあふれ出した肉汁は、白いお皿の上でキラキラと光っている。

上に載った新玉ねぎのコンフィチュールにも一度肉汁を絡ませたのか、ふたつは別物なのに、よく馴染(なじ)んでいるように見えた。

「い、いただきます……」

鼻先を、再び香ばしい豚肉の香りと新玉ねぎの甘い香りが誘うようにかすめる。

我慢できなくなったみのりはナイフとフォークを手に取ると、姿勢を正してポークソテーと向き合った。

（わ……っ）

そんなに力を入れていないのに、スッとナイフが入っていく。

一口大に切ったそれに改めて新玉ねぎのコンフィチュールを絡めて載せれば、溢れた肉汁が豚肉の端から皿の上に滴り落ちた。

スパイスの香りもいい具合に鼻孔をくすぐる。

ポークソテーからは出来たてを示す湯気が立っていて、たまらずみのりは大きな口を開けると、一口でそれを頬張った。

「ん、んん〜〜〜〜っ！」

口に入れた瞬間、豚肉の脂の旨みと新玉ねぎの甘さが同時に弾けた。

豚肉の表面は香ばしいのに、中は驚くほど柔らかくてジューシーだ。

噛めば噛むほど旨みが出てきて、ヤミツキになる。

ポークソテーは、あっという間に喉の奥へと消えてしまった。

口の中に残った新玉ねぎの甘さと後味も最高で、食べたあとの余韻がたまらない一品だ。

「すっっっっごく、おいしいです！　こんなにおいしいポークソテー、生まれて初めて食べました！」

ポークソテーの塩加減、醤油加減と、新玉ねぎの自然な甘みが絶妙にマッチしている。

「新玉ねぎのコンフィチュールの甘さが、ポークソテーの塩気をいい感じにまろやかにしてくれてるだろ」

高谷の言うとおりだ。

豚肉の脂が絡んだ新玉ねぎのコンフィチュールはそれだけで食べてもおいしくて、一度食べ始めたら手が止まらない味だった。

「おいしいです……！　ほんとに、おいしい……」

噛みしめるように言ったみのりは、もう一口、ポークソテーを頬張った。

「おい、しい……」

するとまた自然と、みのりの目から、涙がこぼれた。

料理を食べて、感動して泣くのは初めてだ。

もちろん食べる前から涙腺が壊れかけていたのもあるが、それにしても高谷が作ったポークソテーと亮二が作った新玉ねぎのコンフィチュールは抜群の相性だった。

「お、おおいじいでず〜〜〜」

「は？　え？　お、おい！　急に泣きすぎだし、何がどうした!?」

ズビズビと鼻を鳴らして泣き出したみのりを前に、高谷は驚き目を剥いて慌てた。

かたやみのりも、自分で自分の涙を止められない。

なんとか鞄の中からハンカチを取り出すと、顔から出てきた水分を必死に拭った。

「ひっ、え……っ。ず、ずみばぜん……」

「あーあー、翔太。お前、泣かせたんだから広告契約継続してやれよ」

「はぁ!?　っていうか、西富さんはポークソテー食べる前から、目が赤くなかったか!?」

高谷のツッコミを、亮二は聞こえないふりでいなしてしまう。

「おーおー、それにしても不細工な泣き顔だな。よし、そんなお前が元気になるように俺からプレゼントをくれてやる」

「え……？」

言葉と同時にみのりの皿の上に載せられたのは、亮二のポークソテーに添えられていたレタスとミニトマトだった。

（そういえば……亮二さんってトマトが一番嫌いなんだっけ）

野菜嫌いを豪語するだけあり、もちろんレタスも嫌いなのだろう。

「さぁ、喜んで食え。そして今は、思う存分泣いておけ」

「亮二、ガキかよ……」

「俺が食べられないの知ってて、わざわざ出す翔太が悪い」

まるで子供の言い訳だ。

二倍に増えた、レタスとトマト。

なんだかそれがおかしくて、みのりは涙を浮かべたまま、思わず声をこぼして笑ってしまった。

「ふふっ、ほんと……子供ですか」

「ほら、西富さんに笑われてるぞ」

高谷に責められても亮二は気にする素振りも見せない。

「野菜たちも、おいしく食べてくれる奴に食べてほしいって言ってる」

「ふふっ。大丈夫です。もう……仕方がないから全部私がおいしくいただきますね。今はおいしいものを、たくさん食べたい気分なので……！」

そう言うとみのりは、ハンカチで目に浮かんだ涙を拭った。

おいしいものを食べると心が満たされて、自然とまた頑張ろうと思える。

おいしいものは、明日を生きるための力をくれる。

改めてそれを実感したみのりは睫毛を涙で濡らしたまま、出された料理プラス亮二が残した野菜をすべて完食した。

「ごちそうさまでした！」

そして空になった皿の前で手を合わせたときには、もう涙は目に浮かんでいなかった。

自分が現金な性格で良かったと、みのりは思う。

亮二の言葉と行動に、励ましてもらった。

高谷の作ったおいしい料理のおかげで元気になった。

大きな失敗と、反省を糧にまた明日からも頑張ろう。

けれど、みのりがそう思って顔を上げたら、

「……あのさ、広告掲載の件だけど」

「え？」

「屁理屈かよ……」

「もう一回、考え直してみてもいいかな。さっき、西富さんが持ってきてくれた企画書と、おいしいシルシの最新号を見てから――もう一度、考えさせてほしい」

高谷が不意にそう言って、赤く染まった顔を下に逸らした。

「え、えっと、それってつまり……」

「できる限り前向きに、再検討したいと思ってる」

一瞬、何を言われたのかわからなかったみのりは言葉を詰まらせながら、目を白黒させた。

しかしすぐに内容を理解して、今度はパァッと表情を明るくする。

「そんなわけで、いいかな?」

「も、もちろんです！　ありがとうございます！　私も自分が今経験した感動を、おいしいシルシを通して伝えられるように頑張りますので、ご検討のほどよろしくお願いいたします！」

鞄の中に入っていた企画書は、シワが寄っていてお世辞にも綺麗とは言えなかった。

しかし高谷はその企画書を受け取ると、再び「申し訳なかったな」とつぶやいて、みのりの目を真っすぐに見つめた。

「じゃあ、これで一件落着ってことで」

「え?」

「まぁ、今の話を聞いたら、羽鳥さんも喜ぶんじゃないか？」

「は？　ばーちゃんが？　なんでだよ？」

「ばーちゃん？」

突然わけのわからないことを言い出したのは亮二だ。

喜びに水をさされたみのりは目を丸くしたが、亮二は気にする素振りも見せずに「ごちそうさま」と言って席を立つと、カウンターに食べ終えた皿を運んだ。

「おい亮二、なんでここでばーちゃんが出てくるんだよ」

けれどみのりは亮二の背中を見ながら、あることを思い出していた。

（ちょっと待って、羽鳥さんがおばあさんって――）

ヤドリギは、祖父からお店を継いだ孫が経営している地域に根づく老舗店だ。

そして二週間前に会った羽鳥も、旦那さんがやっていた大切な店を、今は孫が継いでくれているのだと話していた。

「ま、まさか、高谷さんって羽鳥さんのお孫さんですか⁉」

「え？　なんで西富さんが、ばーちゃんのこと知ってんの？」

「世間は狭いってことだろ。ほんと――狭すぎて、色々と厄介だよ」

カラン、とベルの音が鳴って、扉が開かれ気持ちのいい風が入ってくる。

小さく笑った亮二は、「じゃあな」とだけ言い残すとヤドリギをあとにした。

みのりと高谷は半ば呆然としながら、そんな亮二の背中を見送ることしかできなくて……。

「それで、西富さんと、ばーちゃんがどうして……?」

「ええと、それはですね――」

しばらくしてから互いに目配せをすると、羽鳥に関する話を始めた。

「――おっ、西富。この店のコピー、なんかちょっといい感じじゃん」

じめじめとした梅雨と共に、六月が終わる。

結局、今月もノルマを達成できなかったみのりは懇々と部長に絞られ、やっぱり社内では肩身の狭い思いをする羽目になった。

営業マンとしても社会人としてもまだまだだ。

赤の他人が聞いたら〝甘えた奴〟だと呆れられるに違いない。

けれど今、手元に上がってきた広告を見て、みのりは思うことがある。

【本当は秘密にしたい隠れ家カフェ。湘南で長く愛されるこの場所で羽を休めて、店主自慢のポークソテーを食べながら〝しあわせ〟なひとときを――】

「なんか、疲れてるときにこれを見たら、ちょっと行ってみたくなるよな」

「うん。いいでしょ？　ポークソテー、めちゃくちゃおいしいから是非行ってみて」

みのりがそう言って笑えば、朝日町は眩しそうに目を細めて笑った。

仕事なんて、多分、〝つらい〟とか〝面倒くさい〟と思う時間のほうが圧倒的に多いだろう。

辞めたいと思うことも、しょっちゅうだ。

けれど時々、どうしようもなく嬉しいことが起こったり、やり甲斐や達成感を味わえるから仕方がない。

「よっしゃ、じゃあ俺も、頑張ってくるかな」

「うん。お互い、今日も頑張ろう」

再び歩き始めたみのりの足取りは軽い。

ついさっき上がってきたばかりのデザイン案。

これを見せたら、高谷はどんな顔をするだろうか——と、そんなことを考えたら、自然と顔が綻んだ。

二日酔いには蜂蜜バナナ

「おーい、西富。さっき、駅前のヤマダカフェからお前宛に電話あったぞ」

夏の日差しが眩しい七月、第四週の月曜日。

クールビズが定着した部署内は、心なしか風通しが良くなった気がする。

「なんか、お前の携帯が電源入ってないから会社に連絡したってさ。再来月号のおいしいシルシに載せる広告、この間送ってくれた内容で進めていいって伝えてくれって」

「え？　あ……うそ。って、ほんとだ！　昨日、充電しとくの忘れてたのを忘れてた」

充電切れの携帯電話を手にしたみのりが項垂(うなだ)れると、朝日町は呆れたように笑って「しっかりしろよ」と肩をすくめた。

「他にも電話きてんじゃないか？　お前、最近忙しそうだし」

たった今デスクに戻ってきたばかりのみのりは、充電器を引き出しから取り出して椅子に腰を下ろした。

――ヤドリギの一件から、そろそろ一ヶ月。

あのあとみのりは、まず、おいしいシルシに広告を出してくれている店舗に片っ端から電話をかけた。

そして予定を組むと店舗に直接足を運んで、今出している広告や、これまで出したものについて一から丁寧にヒアリングしていった。

気になるところや意見をしてもらえれば、その都度対応することを改めて伝え、実際に連絡が来た店舗の広告についてはデザイナーと話し合って、より広告効果を高められる内容にまとめ直した。

新規の開拓についても、これまでしていた無鉄砲な飛び込み営業をやめた。

営業をかける際には予め店舗の特色や売りをきちんと下調べしてから、その店舗にあった企画や特集を扱った号のおいしいシルシと企画書を持って訪ねるようにしたのだ。

恥ずかしながら、これまでは雑誌の最新号と、内容が共通の企画書を渡すだけだった。

けれど今は、『こういう企画や特集のときに、こういった感じで広告を載せませんか』と、相手に合わせた具体的な提案をするように心がけている。

すると以前に比べて新規契約数が格段に増え、今月は久しぶりに月末前にノルマを達成できたのだ。

『西富も、ようやくやる気になったのか？』

例のお説教好き部長の嫌みは健在。

思わず、『やる気だけは元々ありました！』と返したときに胸がスッとしたのは、ここだけの話だ。

「なんか、今月はあっという間に時間が過ぎた気がするなぁ」

「それだけ充実してたってことだろ。まぁでも、お前のことはマサさんも褒めてたぞ」

朝日町の言葉を聞いたみのりは、「ありがと」とつぶやいて満面の笑みを浮かべた。

そんなみのりを見た朝日町は、耳が熱くなるのを感じてさり気なく顔を横へと逸らす。

「あ、そうだ。そういえばさ、江ノ島ユズリハ先生の今朝のSNSの投稿って見た？」

「……え？　あ、ああ。見た見た。今朝はトマトのコンフィチュールをサンドイッチの具にして食べたって写真付きで投稿してたよな」

「そう〜！　レタスとクリームチーズに、生ハムも一緒に挟んで食べたって〜！　あれ、めちゃくちゃおいしそうだったよね。私も食べてみたいなぁ」

今朝見た写真を思い浮かべたみのりは、ほっぺに手を当てて目を閉じた。

切り込みを入れたフランスパンに、レタス、クリームチーズに生ハム。仕上げに目が覚めるような赤色のトマトのコンフィチュールを挟んだら、見事に写真映えするサンドイッチ――バインミーの完成だ。

【#最高にしあわせな朝】

写真には、そんな言葉が添えられていた。

朝日町が江ノ島ユズリハのところへ挨拶に行き、手土産としてコンフィチュールを渡してから早三週間と少し。

江ノ島ユズリハは定期的にSNS上で、コンフィチュールに関する投稿をするようになった。

「きっと、よっぽど気に入ったってことだよね」

「ああ。その件はほんと助かった。ありがとな」

目尻を下げて笑う朝日町を前に、みのりはそっと顔を綻ばせた。

「おかげで、コチ決めとのコラボ企画も順調だ」

「みたいだね。あ……そういえば、例のメディマ部の善行さんとはどうなの？　いい感じ？」

みのりが尋ねると朝日町は瞼を閉じて、深く頷きながら身体の前で腕を組んだ。

〝善行〟は元企画営業部のエースで、現在は丸印出版の花形部署であるメディマ部に所属している朝日町の憧れの人。

「善行さんはやっぱりすげーよ。アイデア力もさることながら、とにかくひとつひとつの物事に対して見てる視点が違うっていうかさ」

「そんなにすごいんだ？」

「ああ。この間もさ、コラボグッズの話になったんだけど……。俺たちは限定生産で作って一般販売を～って考えてた中で、善行さんだけ意見が違ったんだ」

ゆっくりと瞼を持ち上げた朝日町は唐突にキリッと表情を引き締め、身振り手振りでそのときのことを再現する。

「――限定生産の通常販売にしてしまうと、今は転売の問題もあり、本当に作品のファンでグッズが欲しいと思っている人の手に行き渡らない可能性がある。だから、今回は基本的にはネットでの事前注文ができる受注生産制にしよう」

「グッズを受注生産？」

「そう。もしかしたら、それでこっちの利益率は下がるかもしれないけど、江ノ島ユズリハ先生は何よりファンを大切にする人だから、そうしたほうが先生の想いに応えることにもなるだろうってさ」

朝日町は恍惚として宙を見上げると、おもむろに腰に手を当ててため息をついた。

「それ以外にも、言い出したらキリがないくらい色々あるよ。あの人と一緒にいたら、日々学ぶことばかりだから」

まるで無邪気な子供のように瞳を輝かせる朝日町を前に、みのりは「へぇ」と小さく相槌を打った。

（こんなにキラキラしながら誰かのことを褒める朝日町を見るのは初めてかも）

善行が、それほど魅力的な人だということだろう。

そんな人間が自分と同じ企画営業部にいたことがあるなんて、やっぱりどこか現実味がなかった。

「ねぇ、朝日町。善行さんって、企画営業部にいたときはどんな仕事を――」

「おーい、朝日町。午後の打ち合わせのときまでに善行に頼まれてたファイル、これで全部か？」

と、そのとき、みのりの質問を上司のマサの声が遮った。

「あ、マサさん、確認ありがとうございます。今、ちょうど西富と、その善行さんの話をしてたところなんですよ」

ファイルを受け取りながら朝日町が返事をすると、マサは「へぇ」と頷いてから朝日町とみのりを交互に見た。

朝日町の直属の上司である〝マサ〟こと〝大鋸正親（だいぎりまさちか）〟は、今年三十四歳になる企画営業部の現エースで、物腰の柔らかな紳士だ。

容姿もスマートで、今人気の癒し系イケメン俳優と似ているとお客様からよくツッコまれている。

一昨年、同じ丸印出版の第一編集部に勤めている同い年の奥様と職場結婚し、つい半年前に子供が生まれたばかりの新米パパでもあった。

「善行の話って、どんなこと？」

「はい。善行さんがとにかくどれだけすごくて最高かって話を、今、朝日町に熱弁されていたところです」

　からかい半分にみのりが言えば、朝日町は耳をほんのりと赤く染めながら「おいやめろ」と、みのりの肩を小突いた。

「ハハッ、そうかぁ～。朝日町は善行のこと崇めてるもんな。でもまぁ、善行はほんとすごい奴だし、憧れるのもわかるけど」

　カラカラと笑ったマサは、腕を組んで眼鏡の奥の瞳をそっと細めた。

「マサさんがすごいって言うってことは、本当にすごい人なんですね」

「まぁね。あいつは、企画営業部にいたときから頭ひとつ抜きん出ていたっていうか、とにかく〝仕事の鬼〟だったから」

「仕事の鬼……」

　それは少し不穏な響きに思えたが、善行の話をするマサの表情は明るかった。

「もし、今も善行さんが企画営業部にいたら、私は毎日しごかれそうですね」

「ハハッ。それはあるかも。あいつ、とにかく仕事には一切の妥協も許さない奴だし……って。あれ……、あ、もしかして西富さんは知らないんだっけ？」

「え？」

「西富さんが今担当してるおいしいシルシは、以前はその善行が担当してたんだよ」

「え…………」

（え、えええええーーーーー!?）

「って、それ、初耳なんですけど!?」

思わずツッコミを入れたのはみのりではなく朝日町だった。

肝心のみのりは心の中で叫んだあと、驚きのあまり言葉を発せず、目を見開いて固まっていた。

「あれ？　朝日町に言ってなかったっけ？」

「言ってないっすよ！　だって打ち合わせ中とかは、善行さんも企画営業部時代の話とか全然しないし！」

朝日町の抗議に、マサは「ああ、まぁそうか」と納得したように相槌を打つ。

「確かにアイツ、普段からあんまり自分の話はしたがらないからなぁ」

「アイツって……マサさん、善行さんと仲いいんですか？」

「ん？　ああ、うん。俺と善行、同期なんだ。新卒で入社して、西富さんと朝日町と同じように企画営業部に配属された、年齢も同じガチ同期」

「え……ええっ!?」

今度こそ声を上げたみのりは目を瞬かせた。

ガチ同期……という言い方はよくわからないが、仕事の鬼の善行と、菩薩と名高いマサにそんな繋がりがあったとは思いもしない。

「ふふん、その話は、俺はマサさんから聞いて知ってたぞ」

自慢気に朝日町は胸を張ったが、今のみのりは朝日町に構っている余裕はなかった。

「じゃ、じゃあ、善行さんがおいしいシルシの担当だったって話は……」

「うん。だからね、善行は新卒で入社して企画営業部に配属になって、ちょうど今の西宮さんと同じように、おいしいシルシの営業担当になったんだよ」

やわらかな声で言ったマサを前に、みのりはまた唖然として返す言葉を失った。

(朝日町の憧れの人で、企画営業部の元エースで、今は丸印出版の花形部署であるメディマ部を牽引している仕事の鬼で……。そんなにすごい人が、まさか私と同じ、おいしいシルシの営業担当だったなんて)

信じられない。

けれどそこまで考えたみのりは、ふと、ある違和感を覚えて首を傾げた。

朝日町は善行が企画営業部時代、おいしいシルシの担当をしていたことを知らなかった。普通だったら、自分が以前所属していた部署の人間と話す機会があれば、自分が当時担当していた仕事の話くらい世間話の延長でしそうなものだ。

朝日町が聞かなかったということもあるかもしれないが、マサいわく、自分のことをあまり話さないということなので、過去の仕事についても自分から積極的に触れようとはしないということなのだろうか。

「アイツはね。今言った通り、同期の中では昔から頭ひとつもふたつも飛び抜けてて、すごい奴だったんだよ」

しみじみと言ったマサの声に現実に引き戻されたみのりは、ハッとしてマサの顔を見上げた。

「他部署からメディア部に異動になったのも、善行が最年少記録だしね」

「そ、それは、どういう経緯で異動になったんですか？」

みのりが前のめりになって尋ねると、マサはニヤリと笑って近くのデスクに腰掛けた。

「西富さんはさ、昔のおいしいシルシ、見たことある？」

「あ、はい……資料として見たことがあります。でも、昔のおいしいシルシって、今のスタイリッシュなデザインコンセプトと違って、どちらかというとコテコテの文字数が多いＴＨＥ・情報誌って感じですよね」

言いながらみのりは、以前、前担当者だった元上司に資料として見せられた、リニューアル前のグルメ情報・おいしいシルシを思い浮かべた。

今から八年以上前のものだ。

当時の雑誌はたった今みのりが言ったとおり、ダサい……というと失礼だが、とにかく情報をギュウギュウに詰め込んだ、〝読ませるグルメ情報誌〟というスタイルだった。

しかし、それが、ある年を境にデザインが全面リニューアルされたのだ。

具体的にはシズル感のある写真を大きめに掲載し、文章は必要最低限に留め、スマートでスッキリしたデザインの〝魅せるグルメ情報誌〟に生まれ変わった。

そして、そのリニューアルによって、雑誌の売上は格段に伸びたらしい。

今では業界内、特にカメラマンの間では、オシャレなカフェの写真や料理を撮る際に、『どんなイメージで撮りますか？　〝シルシ風〟の雰囲気にします？』と、指標のひとつにもされている。

「そのリニューアルを企画提案して手掛けたのが善行だったんだよ」

「え……。ぜ、善行さんがおいしいシルシのリニューアルを手掛けた⁉」

「うん。確か、入社三年目の頃かな？　あのときの善行はすごかったよ。もう、反対勢力……というか保守派の上の人間を、緻密(ちみつ)なマーケティングとあらゆる資料で取りまとめたプレゼンで見事に黙らせてさ。そこから仕事の鬼って呼ばれるようになったんだよね。懐かしいなぁ」

みのりのデスクに置いてあった雑誌を手に取ったマサは、当時を思い出すように、そっと目を細めた。

「で、そのリニューアルの成功を足がかりに、次々と他の企画提案したものでも結果を出してさ。企画営業部で過去最大の利益を生み出した伝説の男となったあとに、メディマ部に異動していったというわけ」

まるで少年漫画の主人公みたいな男だと、みのりはマサの話を聞いて思わずにはいられなかった。

「ぜ、善行さんがメディマ部で色々手掛けて結果を残してるのは知ってましたけど、まさか企画営業部時代からそんなに突き抜けてたとは知りませんでした……」

間の抜けた顔で言った朝日町は、「俺なんてまだまだだな……」と肩を落として項垂れる。

かくいうみのりは善行の伝説を聞かされ、何も言えずに押し黙った。

自分が今担当している雑誌は、伝説の男が心血を注いで作り上げたものだったのだ。

（すごい……なんてものじゃない）

ふと、手元にあるおいしいシルシの最新号へと目を落とす。

当時、担当だった善行は、どんな気持ちでこれを眺めていたのだろう。

今のみのりよりもずっと、強い想いがあったに違いない。

「善行くらいの功績を残すっていうのはさすがに難しいかもしれないけど、きっと西富さんは西富さんなりに、おいしいシルシを成長させられるはずだよ。だから、頑張ってね」

みのりの考えていることを察したのか、マサは、みのりの肩をポンと叩くと、その場から去っていった。

さすが、営業部の菩薩と呼ばれるだけはある。

みのりに過度なプレッシャーを与えるようなことはせず、必要最低限の心遣いをしてくれた。

（いつか……善行さんに直接、当時の話を聞いてみたいな）

改めて、心の中で「頑張ろう」と気合いを入れたみのりは、顔を上げて隣に立つ朝日町を見つめた。

「朝日町、また何か手伝えることあれば言ってね！」

いつになくやる気に満ち満ちている。

対する朝日町は、瞳を輝かせるみのりを見て、ほんの少し眉根を寄せると不機嫌そうに顔を逸らした。

「ばーか、俺がお前に頼ることなんてあるか」

「あー、その言い方。やな感じ」

「それよりお前、あの約束覚えてるだろうな」

「あの約束？」

「ヤドリギの一件のことだよ！　忘れたとは言わせないからな」

珍しく息巻いた朝日町は、今度は睨むようにみのりを見た。

ヤドリギの一件のあと、改めて朝日町に八つ当たりしたことを謝ったみのりは、お詫びとして、みのりのおごりで飲みに行く約束を交わしたのだ。

「お前、今月はもうノルマも心配なさそうだし、週末あたり行くからな」

「も、もちろんいいけど……。目立たないようにしてよ？」

「ふん。別に誰に見られたっていいんじゃね？」

「よくない！　女子社員に睨まれたら面倒なんだから！」

こうして話している今だって、今年入ってきたばかりの総務部の女の子がチラチラとこちらを窺っているのがみのりには見えていた。

けれど肝心の朝日町はそれに気付いているはずなのに、また不機嫌そうに眉根を寄せると「ふん」と腕を組んで知らん顔だ。

「なに、なんなのその顔」

「べつに。他の女子社員は俺の彼女の座を狙ってるのに、同期のお前は俺のことはまるで眼中にないんだなーと思っただけ」

「はぁ？」

「じゃあ、週末な。ちゃんと予定空けとけよ。絶対だからな」

去り際に、朝日町は、ぽんとみのりの頭に手をのせた。

みのりは慌ててこちらを見ていた女の子のほうへと目を向けたが、幸いその場面は見られずに済んだようだ。

「なんなの、変なやつ……」

独りごちたみのりはたった今、頭にのった手の感触を思い浮かべながら——同じように、自分の髪に触れた亮二のことを思い出した。

思わず、頬が熱くなる。

でも、今のタイミングで顔を赤くしていたら、それこそ朝日町との仲を疑われるかもしれない。

みのりはあわててパタパタと顔を扇ぐと、ふぅと短く息を吐いた。

亮二とはヤドリギで話して以来、一度も会っていない。

仕事で忙しくてフジミ青果にも行く余裕がなかったのが大きな理由だが、やはり亮二に『もう二度と店に来るな』と言われた手前、訪店が躊躇われるのが一番の理由だった。

亮二が今でも怒っている……ということは、さすがに最後のやり取りを思い返すと無いだろうとは想像できる。

それでもなんとなく、気まずさと気恥ずかしさと、亮二のことを想うと胸が熱くなるせいで、この一ヶ月は意識的に考えることをやめていた。

『玉ねぎを切ると、涙が出るだろ。だから今だけは、泣いてもいいんじゃないか?』

今思い出しても、無理のある言い訳だ。

けれどあのときのみのりは間違いなく、亮二の言葉に救われた。

（あのことがなかったら、仕事に対する姿勢を見直すこともなかっただろうし……）

みのりが今、前を向いていられるのは亮二のおかげだ。

そう思うとたまらなく胸がくすぐったくなって、どうしても会うのを躊躇（ちゅうちょ）してしまった。

ドキドキする。亮二のことを考えると、勝手に顔が熱くなる。

「って、ダメダメ……！　今は、ようやく仕事らしい仕事ができるようになってきたところなんだから！　男の人にキュンとかしてる場合じゃないし！　しっかりしろ、西富みのり……！」

みのりが慌てて頭を左右に振れば、前のデスクに座っていた後輩が「どうしました？」とパソコンの横から顔を覗かせた。

それに曖昧に笑って答えたみのりは、赤くなった顔を隠すように頬に手を当て視線を落とす。

本当はヤドリギの一件のことも、もう一度会ってきちんとお礼が言いたい。

（だけど今は……もし会えたとしても、うまく伝えられないような気もするし）

結局、考えれば考えるほどドツボにはまっていくだけだ。

みのりは再び頭を左右に振ると、

「あー！　もう、考えるのやめやめっ。外回り行ってきますー！」

と声を張り上げ、忙しなく席を立った。

「かんぱーい！」

月末最後の金曜日。

今日はいわゆる、プレミアムフライデーというやつだ。

仕事終わりに駅前の居酒屋で待ち合わせたみのりと朝日町は、運ばれてきたばかりのビールジョッキをカチンとぶつけて傾けた。

「はぁ〜〜〜、仕事終わりのビール、最高だわ」

豪快にビールを呷（あお）った朝日町は、一杯目をあっという間に空にする。

「お待たせしましたー、枝豆です」

空いたグラスと交代するように運ばれてきた枝豆は、朝日町がとりあえずで頼んだ定番の品だ。

テーブルの上に置かれた枝豆は、しっとりと濡れた綺麗な黄緑色をしている。

ひとつを手にとって口に運べば、程よい塩気がお酒のあてにちょうどよかった。

（そういえば……前にフジミ青果の棚で見たキウイのコンフィチュールもこんな感じの色だったなぁ）

もしかして、この枝豆もコンフィチュールにできるんだろうか。

そんなことをぼんやりと考えながら、みのりはビールをチビチビと口に運んだ。

「――で、あのとき俺が……って、西富。お前、今の俺の話聞いてたか？」

「え？　あ……ごめん、聞いてなかった。なんだっけ？」

「あのなぁ……」

金曜の夜は賑やかだ。

呼ばれて我に返ったみのりが謝ると、朝日町はジョッキ片手に不満げに目を眇めた。

「お前さ……最近、なにかあったのか？」

「え？」

「いや……なんか最近、お前ちょっと変わった気がするからさ」

「それ、前にも似たようなこと言ってなかった？」

再び枝豆に手を伸ばしたみのりが曖昧に笑うと、朝日町はますます不審そうに眉根を寄せる。

「確かに前にも言ったけど、そのときより今のお前のほうがなんか違う気がするんだよな」

「そ、そんなの気のせいでしょ。そりゃ、仕事については私も意識が変わったけどさ」

「それも、なんか意識が変わる特別なキッカケとかあったんだろ？」

「な、ないない！　っていうか朝日町のほうこそ急にどうしたの？　また可愛いとか血迷ったこと言い出さないでよ～？　この間も言ったけど、私、うちの会社の女子社員に睨まれるの嫌だからね」

それはみのりにしてみれば、亮二のことやフジミ青果のことを誤魔化すために口にした冗談のつもりだった。

モグモグと枝豆を咀嚼（そしゃく）しながら、みのりはわざとらしくカラカラと笑って、朝日町から目を逸らす。

すると、そんなみのりに対して朝日町は、

「可愛いと思ったら、可愛いって言ってもいいだろ」

なんて、急に強気な口調で予想外のことを言い放った。

「は……？　朝日町、もう酔っ払ってるの？」

虚をつかれたみのりは、ゴクリと枝豆を飲み込んで呆気にとられた顔をする。

「全然、だってまだ一杯目だし」

「じゃ、じゃあ……また疲れてるとか？」

「別に、今日は疲れてないけど」

「え？　じゃあ、ほんとに急になんなの？　朝日町のほうこそなんだか変だよ」

いつの間にか、ビールを飲む手が止まっていた。

みのりは朝日町が自分をからかっているのだろうと思ったが、こちらを見る目は真剣そのもので戸惑わずにはいられない。

「質問してるのは、俺のほうなんだけど？」

しかし朝日町は強気なままで、更にみのりを追い詰める。

「し、質問……って、なんだっけ？」

「お前なぁ。だから、お前がなんか最近、変わったって話だよ」

慌ててジョッキに手を伸ばしたみのりは、「そうだっけ？」と白々しく答えながら、朝日町から目を逸らした。

「なぁ、なんかあったんだろ？」

「なんかって……。まぁ、あったような、ないような」

またチビチビとビールを口にしながら、みのりは朝日町から顔を背け続けた。

どうして朝日町はこんなに答えを知りたがるのだろう。

(別に……私の仕事に対する意識が変わったことなんて、朝日町からすれば大したことでもないはずなのに)

本当に、わけがわからない。

対して朝日町は、みのりの煮え切らない返事と態度に更にへそを曲げると、今度は深くため息をついてから質問内容を具体的なものへと変えた。

「あのジャム……じゃなくて、コンフィチュールが関係してるのか？」

「え……？」

「いや……お前、江ノ島ユズリハ先生がコンフィチュールについて投稿するたびに喜んでたし。なんか……そのときの顔が、見たことないくらい嬉しそうに見えたっていうか。だから、関係あるんだろうなと思ったんだけど」

鋭い指摘に、今度こそみのりはギクリと肩をゆらして固まった。

思い返せば朝日町の言うとおり、江ノ島ユズリハがＳＮＳでコンフィチュールについての投稿をするたびに、みのりは心を躍らせていた。

フジミ青果のコンフィチュールを喜んでもらえて、単純に嬉しかった。

つい、投稿をスクリーンショットしてしまうほどだ。

どうしてそんなことをしたかといえば――その江ノ島ユズリハの投稿を見せたら、亮二が喜ぶんじゃないかと考えたからだった。

「なぁ、何か関係あるんだろ？」

みのりの胸の内を知るはずもないのに、朝日町は決して追及の手を緩めない。

当のみのりは相変わらずビールをチビチビ飲みながら、その追及をのらりくらりと交わすしかなかった。

「別に、何かあるってわけじゃないよ……」

いっそのこと、朝日町にフジミ青果と、亮二のことを話したら楽になれるのだろうか。現に朝日町は、仕事に関してみのりをよく気にかけてくれていた。だから今回のこともその延長で、何かあれば相談してほしいという朝日町の優しさなのかもしれない。

（だけどもし、話を聞いた朝日町が、面白そうじゃんとか言ってフジミ青果に行ったりしたら？）

――ああ、ダメ。それだけは、絶対にダメだ。

そうなったときに、もしもまた亮二が丸印出版に関わることだと知って不機嫌になったら元も子もない。

なによりも、亮二に嫌われるようなことはしたくなかった。

（……って、嫌われたくない？　どうして私は、そんなふうに思うの？）

思わず心の中で自問自答を繰り返した。

けれど、みのりがひとりで百面相をしていれば、

「西富？」

「へ？」

「なんかお前……顔、赤くない？」

また朝日町に、鋭い指摘をされてしまった。

「おい、ほんとに大丈夫か？　まだ全然飲んでないよな？」

「だ、だ、大丈夫！　ほら、私、飲むとすぐに赤くなっちゃうタイプだし！」

「そうだっけ？」

朝日町は訝しげにみのりを見たが、みのりは心に芽吹いた疑問を払拭（ふっしょく）することに必死だった。

顔が熱い。まだ、全然お酒も飲んでいないのに、身体が熱くて溶けそうだ。

（こ、このままじゃ、また亮二さんのことばかり考えちゃう……！）

心の中でブンブンと頭を振ったみのりは、邪念を振り払うように豪快にビールを呷った。

「お、おい。急にそんな一気に飲んで大丈夫かよ」

「だ、大丈夫大丈夫。あー、仕事終わりのビール最高！　あっ、店員さんっ！　ビールお代わりください！　あと、ハイボールもひとつ！　どっちも一緒に持ってきてください！」

片手を挙げたみのりは店員を捕まえてそう告げると、ヘラヘラと笑いながら再び枝豆に手を伸ばした。

ダメ――ダメだ。

やっぱり、気が付くと亮二のことばかり考えてしまう。

そして、考えれば考えるほどドキドキして胸が苦しくなるのだ。

泣いているみのりを慰めるように、頭の上に置かれた大きくて温かい手。

大人のくせに野菜嫌いで、横暴な物言いをする悪魔みたいな人なのに、なんだかんだと最後には手を差し伸べてくれた。

ぶっきらぼうだけど、本当は優しくて……。

スマートな大人なのに、時々、子供みたいに無邪気に笑ってみせるのだ。

何故かみのりは、亮二に対してはいつだって本音でぶつかることができた。

そして今、そんな亮二のことが気になって仕方がない。

それがどうしてなのか――みのりは、答えを知るのが怖かった。

だけど本当は、〝知りたくない〟ということが、既に答えになっているのだろう。

「――ね、ねぇ、朝日町。もう一回、乾杯しない？」

「は？　お前、ほんとに大丈夫かよ」

「大丈夫！　今日は久しぶりにとことん飲みたい気分だから！　朝日町も付き合って！」

みのりがそう言って到着したばかりのジョッキを掲げると、朝日町は「しょうがないな」と呆れながらも了承してくれた。

全部全部、もう、考えるのはやめるんだ。

今日は楽しく、日頃の疲れを忘れるくらい飲んでやる！

そうしてみのりはビールジョッキを持つ手に力を込めると、黄金色に輝くそれを、勢い良く喉の奥に流し込んだ。

「――おーい、西富。大丈夫か？」

時計の針が二十三時を回っても、金曜日の夜の町は眠らない。

飲み始めてから約四時間。みのりはお酒のペース配分を間違えたせいで、すっかり酔い潰れてしまっていた。

「西富、お前の家どこだ!?」

「え〜〜と、そっちぃ〜〜〜」

ヘラヘラと笑いながら空を指差すみのりを見て、朝日町は盛大にため息をついた。

酔っ払いのみのりは、千鳥足のお手本のような歩き方をしている。

タクシーを捕まえて押し込みたいのは山々だが、肝心のみのりがこれでは、運転手に迷惑をかけるか、乗車を断られるのがオチだろう。

「まいったな……」

居酒屋を出て、近くの大通りまでみのりを支えて歩いてきた朝日町は途方に暮れた。

しかし、みのりの酒のペースが上がっているのをわかりながら止めなかった手前、責任も感じている。

（っていうか、わざと止めなかったしな……）

心の中で独りごちた朝日町は、ちらりとみのりの顔を見た。

酔わせてしまえば、みのりが口を割るかもしれないと思ったのだ。

『お前さ……最近、なにかあったのか？』

どうしても、答えを知りたかった。

もう随分前から、気になっていたことだった。

けれど結局、みのりはどんなに聞いてもはぐらかすばかりで、答えを口にはしなかった。

「も〜〜、やおやさん？　ここは、やおやさんれすかぁ？」

その結果が今だ。

自分が追及すればするほど、みのりが答えを誤魔化すために酒のペースを上げていることに気付きながら、最後までみのりを追い込んだ。

「ひゅーーーー、あさひまち、きかく、とおっれ、よかったねぇ」

顔を耳まで赤く染め、ニヘラと笑ったみのりは無防備に朝日町に身体のすべてを預けていた。

みのりが自分を信頼してくれていることは、よくわかっている。

朝日町はみのりの華奢（きゃしゃ）な肩を抱き寄せながら、自分の心臓の高鳴りを聞いていた。

「お前さ……ほんと、なんか最近変わったよな」

つぶやきは、もうほとんど目を閉じて、夢見心地でいるみのりには届かない。

つい最近まで朝日町は、みのりをただの同期だと思って、異性として意識したことは一度もなかった。

もちろん、こうなっている今も、ただの同期であるという気持ちは変わらない。

反面、胸の奥からこみ上げて来る感情が、理性との間でせめぎ合っているのも事実だった。

「ちょっと前までは危なっかしくて、ただ無鉄砲な奴って感じだったのにな」

「う、ん〜〜〜〜ん」

「不器用なくせに根性だけは人一倍あって、いつも一生懸命で……って、それは前から変わらないか」

思わず自嘲した朝日町は、とうとう完全に目を閉じたみのりの頬をツンとつついた。

「でも、そんなお前が、最近やけに可愛く見えちゃう俺って、やっぱりどうかしてんのかな？」

「んーーー。やさいも、しっかりたべないとラメれすよぉ」

対するみのりは、朝日町のつぶやきに返事をするわけでもなく、寝言のようなことばかりを繰り返しているだけだ。

そんなみのりを見て、朝日町は呆れたように小さく笑った。

きっと、自分も随分酔っているのだ。

そうして朝日町は、今度はみのりの身体を強く腕に抱き寄せた。

「……ったく。野菜もしっかり食べろってガキかよ。子供の頃の夢でも見てんのか？」

「うーーーん……」

「しっかりしろよ……。つーか、もうほんと、無防備すぎるお前が悪いんだからな。……全部、お前のせいだから。わかってんのかよ」

朝日町の熱のこもった囁きは、大通りを走る車のクラクションの音にかき消された。

——もうこうなったら、自分の家に連れて行くしかない。

もう一度みのりの肩を抱き直した朝日町は、ゆっくりと顔を上げて前を向いた。

「おい、西富。お前、今から俺の家にいくぞ」

歩道のギリギリに立ち、タクシーを止めようと朝日町が手を上げる。

するとタイミングよく空車ランプをつけたタクシーが走ってきて、朝日町に気が付いた。

タクシーがウインカーを出し、車体を車道の脇に停めようと減速する。

「よし、行くぞ、西富——」

しかし、朝日町がタクシーから視線を逸らして再度みのりに声をかけた瞬間、

「——朝日町か？」

唐突に、聞き覚えのある声に呼び止められた。

「え——？」

反射的に声のしたほうへと目を向けた朝日町は、そこにいた思いもよらぬ人物を見て、驚いて固まった。

「ぜ、善行さん!?」

現れたのは、朝日町の憧れの人、メディマ部の善行だった。

昼間の打ち合わせで会ったときと同じスーツ姿の善行は、朝日町と――朝日町が抱えているみのりを見て、ぎょっとしたように目を剥いた。

「今、仕事終わりですか――?」

「朝日町……お前、それ――」

ふたりの声が重なる。

ハッとして互いに目を見合わせた朝日町と善行は言葉を止めると、そのまましばらく沈黙した。

「お客さん、乗るの？　乗らないの？」

車道の脇に停まったタクシーの運転手が、朝日町に声をかける。

我に返ったふたりは、「ちょっと待っててください」と返事をすると、再び相手の出方を探り探り、話し始めた。

「あ、あの……お疲れ様です」

「……ああ。お前も、お疲れ」

「今、仕事が終わった感じですか？」

「ああ。さっき、新規案件の打ち合わせが終わったところなんだ」

「そ、そうなんですね。やっぱり善行さん、めちゃくちゃお忙しいですね」

「いや……まぁ、そういうわけでもないけど……」

たどたどしい口ぶりから、互いに遠慮しているのが見て取れる。

そのあとまた会話が続かなくなったふたりは、しばらく沈黙してから、ようやくもうひとつの話題に触れた。

「それで……お前、それは……」

「あ……いや、これはその……。実はこいつ、企画営業部の同期なんですけど。さっきまで一緒に呑んでて潰れちゃって」

話題の張本人であるみのりは、完全に目を閉じて眠りこけている。

朝日町は呑気なみのりを恨めしく思いながら、状況の説明を続けた。

「それで、家の場所も言えない状態なんで、ちょっと酔いを醒ませるようなところに移動しようかと考えてたところです」

さすがに、家に連れて帰ろうと思っていたとは言えない。

けれど、視線を逸らした朝日町を見てすべてを察した善行は、数秒考え込んでから、温度のない目を朝日町へと向けた。

いいんじゃないか？」

「朝日町……お前、今、大切な時期だろ。揉め事の種になるようなことは、避けたほうが

善行の言葉を聞いた朝日町は、弾かれたように顔を上げる。

そして、言われたことの意味を理解すると、カーッと顔を赤く染めながら慌てて言い訳を並べた。

「あ、いや……っ。ほんと、全然そういうつもりはないので大丈夫です！　こいつとは同期だけど、今まで全然、お互いに異性として意識したこともなかったんで！」

「だけど男と女は違うだろう。お前も結構呑んでるみたいだし、絶対に間違いがないとは言い切れないんじゃないか？」

「そ、それは……」

思わず朝日町は押し黙った。

実際、善行の言う通り、今の状態でみのりを家に連れ帰ったら、何もせずにいられるという自信がなかったからだ。

少なからず、善行に会う直前までは下心を抱いていた。

酔いつぶれて寝ているみのりに、無理矢理なにかしようとは思っていないが――介抱代として、キスくらいはしてやろうかと思っていた。

「そんな、男と呑んでて潰れるような奴とどうにかならなくても、お前なら引く手あまた

で女には困ってないだろ」

「そ、そんなことないですよ。でも、こいつ……普段はこんなふうに潰れるほど飲んだりしないんです。だけど今日は、なんか……気がついたらこんな感じになっちゃってて」

朝日町の言葉に、今度は善行が黙り込んだ。

「だ、だから俺――」

「――い、いいとしして、やさいきらいとは、なにごとれすかっ!!」

そのとき、突然みのりが大声で叫んだ。

思わずビクリと肩を揺らした朝日町と善行は、奇妙なものを見る目で酔っ払いのみのりを見やる。

「な、なんだ。まさか寝言か？」

「あ、はい。なんかこいつ、さっきからずっと、八百屋がどうとか、野菜が嫌いでどーのこーのってうわ言みたいに言ってて――」

と、朝日町が答えている途中で、

「りょーりさん!!」

再び酔っ払いのみのりが、大きな声を張り上げた。

相変わらずみのりは目を閉じたままで、ムニャムニャと口を動かすだけだ。

いよいよ呆れた朝日町は、また小さくため息をついた。

「りょうりさん？　って、なんだよ。料理をしてる夢でも見てんのか？」

「こんふぃちゅーる、たべたいれすぅぅ～～」

「はぁ？」

もう、わけがわからない。

だけど、もしかしたら今ならさっきの質問の答えが聞けるんじゃ――と朝日町の胸の鼓動が高鳴ったとき、

「……朝日町。そいつ、俺が引き取る」

突然、善行のそんな言葉が、朝日町の思考を現実へと引き戻した。

「え……え？　引き取るって、どういうことですか？」

聞き間違いだろうか。

思わず朝日町が聞き返すと、善行が再び静かに口を開いた。

「困ってるんだろう。それなら、そいつは俺が引き取る」

「え……いや、でもなんで善行さんが西富を……」

「実は――そいつとは、遠い親戚みたいなものなんだよ」

「善行さんと、西富が遠い親戚？　いや、でも西富は善行さんのこと、全然知らない感じでしたよ!?」

「そ、それは……そいつが知らないだけだ。俺とそいつは、実は遠い遠い親戚で……。だ

から、細かいことはともかく。こいつは今から、俺の親戚の家に届けるから心配するな。朝日町は、今はコチ決めの企画の成功のことだけを考えていればいい。以上だ」

そこまで言うと善行は待たせていたタクシーに声をかけ、呆然とする朝日町のそばまで歩を進めた。

「おいバカ、起きろ。行くぞ」

「ふ、へぇ……？」

そうして未だに夢の中にいるみのりを朝日町から強引に引き取って、タクシーの中に詰め込んだ。

「朝日町も、気をつけて帰れよ。お疲れ」

「え？　あ、は、はい。お疲れ様でした――」

一連の出来事は、仕事の鬼に一切の無駄もなく処理された。

真っ赤なテールランプが、都会の夜に紛れ込む。

朝日町は唖然としたまま、しばらくその場から動くことができなかった。

「ん…………」

翌朝、目を覚ましたみのりは、肌触りの良いシーツの上で大胆に寝返った。

なんだか、甘い香りがする。

まるで心も身体も溶けてしまいそうな――。

すごくしあわせで、ときどきほろ苦い、とても優しく、懐かしい匂いだ。

（ああ、そうだ……。この匂い、どこかで嗅いだことがある……）

あれは、どこだったか。

雨の中、迷子になって疲れて駆け込んだ深緑色の日よけの下で、偶然見つけた――〝あのお店〟で嗅いだ匂いに間違いない。

〝あの人〟が作る、〝アレ〟の匂いだ。

いつの間にかみのりは、それらが大好きになっていた。

「へへっ、フジミ青果と亮二さんと、コンフィチュールかぁ……って。え、ひぃあっ⁉ い、痛たたた……って、え……？　ええ⁉」

そのとき、再び寝返ったみのりは勢い良くベッドから転げ落ちて後頭部を強打した。

何が起きたかわからぬまま慌てて飛び起きたみのりは、ベッドにもたれ掛かりながら痛む頭をさすって目を開ける。

夢を見ていた。とても、心地が良くてしあわせな夢。

しかし今の状況は、とてもじゃないけど夢見心地ではいられない。

「な、何これ。ここ、どこ？」

なんとかベッドの脇から這い上がったみのりは、ベッドに腕をついて辺りを見回した。

見覚えのない部屋の中。

シンプルで、必要最低限のものしかない、どこかの家の寝室のように見える。

「……はっ!?　あ、よ、よかった……か、わからないけど、とりあえずスーツのままだ」

慌てて自分の格好を確認したみのりは、思わず安堵の息を吐いた。

スーツだけでなく、しっかり下着もつけている。

みのりは乱れた服を直しながらベッドによじ登ると、もう一度部屋の中をぐるりと見渡した。

「――あ、痛っ」

と、同時に激しい頭痛に襲われた。

ベッドから落ちたときに頭をぶつけたせいかと思ったが、この痛みはまた違ったものが原因だろう。

その証拠に、頭痛だけでなく、胸もムカムカする。

いつもよりも身体は怠いし、目がまわるような感覚も残っているし、これは間違いなく二日酔いというやつだ。

（ちょっと待って。落ち着けないけど、一度落ち着いて状況を整理しよう）

頭を押さえたみのりは、心の中で自分自身に言い聞かせた。

昨日は確か、仕事終わりに朝日町と待ち合わせて、駅前の居酒屋で呑んでいたはずだ。

そこで何故か朝日町に質問攻めにされて、誤魔化すためにいつもよりもお酒のペースが上がってしまった。

結果、その途中から記憶がない。

「ってことは、もしかしてここ、朝日町の家？」

すっかりとシワになってしまったスーツ。

ベッドの上で振り返ったみのりは、おもむろに窓の外へと目を向けた。

「雲が……近い？」

カーテンが開かれた窓の向こうには、青い空に浮かぶ白い雲が見える。

同じ目線に背の高いビルの上部が見えて、やっぱり夢でも見ているんじゃないかと思った。

「い、痛い」

しかし、古典的な方法でほっぺを摘(つま)んでみたら、痛かった。

どうやら本当に夢ではないらしい。

間違いなく、ここは高層マンションの一室だ。

朝日町が住んでいるにしては少々立地が良すぎるし、リッチすぎるような気がする……

なんて、動揺のあまり、くだらないオヤジギャグまで浮かんでしまう。

「起きたか、酔っ払い」

「ひぇっ!?」

と、呆然と窓の外を眺めていたみのりの背後から、低く艶のある声がかけられた。

弾かれたように振り返ったみのりは、そこに立っていた人物を見て驚いて目を見張った。

「え……。な、なんで？　亮二さん……？」

目の前にいるのは間違いなく亮二だった。

コンフィチュール専門店、フジミ青果の店主の亮二だ。

やっぱり自分は夢でも見ているのだろうかと、みのりはズキズキと痛む頭の片隅で考えた。

（どうして亮二さんが、こんなところに——）

「とりあえず、これを飲んで食え」

いつもの白シャツにエプロン姿ではない。

白のカットソーに黒のスキニーデニムという、シンプルでラフだけどスマートな出で立ちだ。

亮二は手に持っていたグラスと陶器の器をベッドのサイドテーブルの上に置くと、改めてゆっくりと顔を上げ、放心状態のみのりへと目を向けた。

「とりあえず、さっきの質問の答えだけど。なんでもなにも、ここは俺の家だからな」

「亮二さんの……家？　ってことは、フジミ青果……？」

な、わけがない。

どう見てもここはフジミ青果ではなく、都内か都内近郊の高層マンションの一室だ。

「俺が日常的に住んでる都内の家だ。ほら、とにかく飲んで食え。話はまずそれからだ」

「え？」

相変わらずぶっきらぼうな物言いをする亮二は、混乱しているみのりを尻目にそう言うと、たった今グラスと皿を置いたサイドテーブルへと目を向けた。

「これって……」

「蜂蜜とバナナのコンフィチュールだ。蜂蜜とバナナは二日酔いに効くんだよ。だけどそれだけだと甘すぎるから、ヨーグルトと一緒に食え」

答えた亮二は、もう一度「話はそれを食ったあとな」と言いつけると、そのまま部屋を出ていってしまった。

（ほんとに、一体なんでこんなことに……）

再び静まり返った部屋の中では、みのりの息遣いだけが聞こえている。

しばらく呆然としていたみのりだが、

「う……っ」

グゥゥウ～～という自分のお腹が出した間の抜けた音を聞いて我に返った。

二日酔いのくせにお腹が空いたなんて、どこまでも食い意地が張っている自分に呆れる。

「……とりあえず、食べよう」

恥ずかしさからひとりで頬を赤く染めたみのりは、まずは水の入ったグラスに口をつけた。

そして存分に喉を潤したあと、今度は白い陶器の皿を手に取る。

（いい匂い……）

甘くて、フルーティーで、だけどバナナ特有の表現し難いあの匂いも健在。

真っ白なヨーグルトの上には、とろとろのクリーム色のコンフィチュールがかかっていて、みのりは思わずごくりと喉を鳴らした。

「いただきます」

つぶやいて、ヨーグルトにささっていた銀色のスプーンを持つ。

そしてみのりはヨーグルトと蜂蜜バナナのコンフィチュールを一緒にすくうと、大きく開けた口に運んだ。

「ん……っ」

（おいしい！）

ひんやりと冷たいヨーグルトの酸っぱさと、蜂蜜バナナの溶けるような甘さが絶妙に合っている。

ごくりと飲み込めば、熱かった喉の温度が下がって、口の中には甘酸っぱい爽やかな後味が残った。

だけど舌は、蜂蜜バナナの甘ったるくて優しい味も覚えている。

鼻から抜ける香りも心が落ち着く優しいもので、思わず強張っていた肩から力が抜けた。

「おいしい……」

さっぱりとしていて、二日酔いには最適な食べ物だ。

ムカムカとした胃がなんとなく落ち着く気がして、みのりはもう一口、ヨーグルトの蜂蜜バナナコンフィチュールがけを口に運んだ。

そのままもう一口、もう一口……と食べているうちに、あっという間に器の中身は空になった。

「ごちそうさまでした」

両手を合わせたあと、再びグラスの水に口をつければ、口の中に残っていたおいしさが全身に運ばれて、心が満たされていくのがわかった。

二日酔いの、お腹の嫌な感じも心なしか治まったような気がする。

空になった器を眺めて、みのりは改めて昨夜のことを考えた。

(やっぱり昨日は間違いなく、朝日町とふたりで呑んでたよね)

それは絶対に、間違いない。

だけど朝日町に、最近みのりが変わった話や、それがコンフィチュールに関係しているんじゃないかと聞かれて、誤魔化しているうちに呑むペースが上がってしまった。

朝日町に、『呑み過ぎだからそろそろ帰るぞ』と声をかけられたところまでは、おぼろげだが覚えている。

だけど、やっぱりそれ以降の記憶がない。

「あ……。ってことは、朝日町に聞けばわかるんじゃゃ――」

みのりは慌てて足元に置かれていた自分の鞄に手を伸ばした。

そして中から社用ではなくプライベート用の携帯電話を取り出すと、画面を開いた。

見れば朝日町からのメッセージが二件と着信が一件、届いていた。

【無事に帰れたか？】

【っていうか、西富と善行さんが親戚だとは知らなかったわ。……って、お前ももしかしたら知らない話だったのかもだけど】

「意味わかんない……」

思わず口から率直な感想がもれた。

言葉の通り、朝日町から送られてきたメッセージの内容の意味がわからないのだ。

（なんで善行さん？　っていうか、私と善行さんが親戚って何？）

もしかして朝日町も酔っていて、間違ってメッセージを送ってきたのかもしれない……とみのりは考えたが、ハッキリと【西富が】と書いてあるので、また余計に混乱する。

みのりは朝日町に返信して、どういうことか尋ねようかと思った。

けれど、ふと、先ほど亮二に言われた言葉を思い出して手を止めた。

『話はそれを食ったあとな』

こうなったらもう、亮二に直接話を聞いたほうが早いだろう。

そう考えたみのりは意を決して立ち上がると、空になった器とグラスを持って、先ほど亮二が消えた扉に向かって歩き出した。

途中、頬にかかった髪を耳にかける。

扉を開ければ、その先はリビングダイニングになっていた。

肝心の亮二はカウンター式のキッチンに立っていて、優雅にコーヒーを淹れているところだ。

「あ、あの……」

カウンター越しにみのりが声を掛ければ、亮二はそっと顔を上げてみのりを見た。

「もう食べ終わったのか」

「はい……。あの、すごくおいしかったです。ごちそうさまでした」

どぎまぎしながら答えると、亮二がそこに置いておけとカウンターを顎で指す。

指示されたとおりに、みのりはカウンターの上に皿とグラスを置いた。

そのとき……ふと、カウンターに無造作に置かれていた郵便物が目に入った。

郵便物の宛名部分には、【善行亮二】と書かれている。

(ぜ、善行、亮二？)

もしかして、自分はまだ酔っ払っていて、幻覚を見ているのだろうか？

みのりはまた狼狽えたが、そんなみのりを前に亮二は至極冷静に、淡々と話し始めた。

「お前……俺が引き取らなかったら、昨日の夜、お前は今お前が食べた蜂蜜バナナのコンフィチュールみたいに、朝日町に食われてたかもしれないぞ」

「え？　それってどういう……っていうか、どうして亮二さんが朝日町のこと知って……」

そこまで言いかけたみのりは、改めて亮二の顔をまじまじと見つめた。

相変わらず嫌みなくらい、整った顔立ちをしている——って、今は呑気にそんなことを考えている場合じゃない。

みのりはもう一度、カウンターの上に置かれた郵便物へと目を向けた。

——善行亮二。

(いや、だってまさか……。え？　いやいや、そんなことがあるはず……ない、よね？)

せっかく亮二が用意してくれたヨーグルトと蜂蜜バナナのコンフィチュールのおかげで、

二日酔いが緩和されたのに。

みのりは全身から血の気が引くような思いをして、再び亮二へと視線を移した。

「ぜ、善行さん……？」

震える声で、みのりが尋ねた。

すると亮二はあからさまにムスッとした顔をして、

「だったらなんだ」

と、いつも通り、ぶっきらぼうに答えてみせた。

「う、嘘ですよね……？　だって善行さんといえば、元企画営業部の伝説の男で、仕事の鬼で、メディマ部のエースで、自分の話をあまりしたがらない人……って話を、この間マサさんから聞いたばかりで……」

完全にパニックに陥ったみのりは、とにかく頭の中にある善行に関する情報をかき集めた。

だって、こんなこと信じられるはずがない。

だからなんとかして、この状況は嘘だと言える理屈が欲しかった。

「マサのやつ、余計なこと言いやがって。今度飲んだら奢らせてやる」

しかし、対する亮二はあっけらかんとそう言うと、たった今自分が淹れたばかりのコーヒーに口をつけた。

「わ、私が今担当してる、おいしいシルシだって、善行さんが過去にリニューアルをしたって聞いたばかりで……」

未だに混乱しているみのりはそこまで言うと、ふとあることを思い出した。

おいしいシルシ。コンフィチュール。

「そ、そうだ……！　だって、フジミ青果って……。亮二さんの苗字が、〝フジミ〟だからじゃないんですか!?」

思わずみのりが叫ぶと、亮二はコーヒーカップをおろして小さく息を吐いた。

「単純な奴だな。〝フジミ〟ってのは、死んだじいさんが〝富士山が見える〟藤沢市が好きだって理由でつけただけで、俺の苗字は善行だよ」

今度こそ、こめかみを強く殴られたような衝撃を受けた。

二日酔いの頭痛に加えて、みのりはまた頭が痛くなって眉間を押さえた。

ということはやっぱり、〝亮二〟は〝善行〟だったのだ。

まさか、亮二が自分と同じ丸印出版の社員だったなんて悪い冗談にもほどがある。

それも、亮二はあの伝説の男、善行と同一人物ということだ。

世間は狭い――。

驚きすぎて、二日酔いも完全に醒めた。

手が震えていたが、それが驚きからくるものなのか、怒りからくるものなのか、今のみのりにはわからなかった。

「だ……だったらなんで、はじめから言ってくれなかったんですか！」

「言うわけないだろう。丸印出版は副業禁止だからな」

冷静かつ、堂々たる主張だ。

目眩を覚えたみのりは、思わず目頭に手を当てて黙り込んだ。

（あ……っていうか）

そして次の瞬間、あることを思い出した。

善行……つまり亮二は、おいしいシルシの元営業担当で、媒体を生まれ変わらせた伝説の男だ。

みのりは、とんでもない人物に広告掲載を持ちかけていたのだ。

今更になってその事実に気が付いたみのりは青ざめると、茫然自失として亮二を見た。

ここへきてようやく、疑問に感じていた点が線となって繋がっていく。

亮二は、最初から営業職について詳しかった。

おかしいと思った。だが、詳しくて当然だったのだ。

何故なら亮二は、今のおいしいシルシの生みの親であり、企画営業部の元エースだったのだから。

「だ、だからあんなに、頑なに広告を出すのを嫌がったんですか？」

「もちろんそれだけじゃないが、それもあるな」

またあっけらかんと、亮二が答える。

それに腹が立つような呆れるような……。みのりは未だに顔色を青くしたまま、カウンター越しに亮二を見つめた。

「で、でも、副業禁止なのに副業してて、会社にバレたら大変なことになるんじゃ……」

「まぁな。でも最悪、フジミ青果の実質的な経営者は別の人間になっているから問題ない」

「どういうことですか？」

「言葉のとおりだ。俺はフジミ青果で得た利益を、一円も受け取っていない」

「一円もって……」

じゃあ、肝心の売上はどこへいっているんだろう。

「そんなわけで、俺はただあそこでボランティアをしてるだけだ」

随分な言い分だ。

亮二の答えに更にみのりは混乱したが、そもそも亮二の言うフジミ青果の実質的経営者が誰なのか、疑問に思わずにいられなかった。

「その、経営者って……」

言いかけて、みのりは言葉を飲み込んだ。

今、聞いたところで亮二が答えてくれるようには思えなかったのだ。

答えるつもりなら、最初からどこの誰が経営者だと告げているだろう。

と、同時にみのりが思い出したのは、フジミ青果の居間で見つけた写真立てのことだった。

ひとつには亮二の祖父母が。そしてもうひとつは、写真が見えないように伏せられていた。

（もしかしたら、あの写真立てにはその人が……？）

仮にみのりの予想が当たっていたとしたら、余計に亮二は答えてくれないだろう。

敢えて、写真立てを伏せていたくらいだ。

話したくない事情があるのだと想像ができる。

「じゃ、じゃあ。亮二さんは、どうしてフジミ青果でコンフィチュールを売ってるんですか？」

考えた末に、みのりは質問の趣旨を変えた。

すると亮二はしばらく考え込んでから、思い切ったように口を開いた。

「俺は、あの店が好きだから。あの店を畳みたくなかった。ただ……それだけだ」

言い切った亮二は長い睫毛を伏せると、どこか遠くを見るような目をする。

いつかも見た亮二の寂しげな表情に、みのりの心がざわめいた。

「だから、お前もわかっただろう。フジミ青果は、おいしいシルシには広告を出さない。それは潔く諦めろ」

断言した亮二は、凪いだ海のような瞳でみのりを見つめた。

――広告掲載は諦めろ。

亮二の口からこの言葉を聞くのは、もう何度目だろうか。

みのりは唇を噛みしめて黙り込むと、胸の前で拳を強く握った。

亮二の言い分も、事情も、頭では理解している。

みのりも亮二の立場であれば、そっとしておいてほしいと思うだろう。

「……いやです、諦めたくありません」

「お前なぁ」

それでも堂々とそう言って顔を上げたみのりは、亮二の目を見つめ返した。

亮二はそんなみのりを見て、今度こそ呆れたように眉根を寄せる。

「自分勝手なワガママを言っていることはわかっています。こんなことを言えば、亮二さんに不快な思いをさせてしまうことも理解しています」

「だったら――」

「それでもどうしても、引き下がりたくないんです！　だって私も、フジミ青果が好きだから……諦めたく、ないです」

みのりの声が濡れた。

それでもみのりは両足を踏んばって真っすぐに顔を上げ続けた。

「今、亮二さんも言ったじゃないですか。あの店が好きだから、あのお店を畳みたくなかったって」

力強い口調で言えば、亮二が深くため息をついて睨むようにみのりを見る。

「俺があの店を思う感情と、お前が食い意地張って思う感情を一緒にするな」

その声には隠しきれない苛立ちが滲んでいた。

みのりは一瞬怯んだが、再び強く拳を握りしめて言葉を続けた。

「確かに一緒ではないかもしれないです。でも、私にとってフジミ青果は、もう〝日々を頑張る理由〟になってるんですよ！」

「日々を……頑張る理由？」

「はい。今……私が仕事を頑張れるのは、フジミ青果を通して出会ったものがあるからです。私、もっともっと頑張りたいんです。私に……そんなふうに思わせたのは他でもない、亮二さんと、亮二さんが作るフジミ青果のコンフィチュールなんですよ！」

声を大にしたみのりは、じわじわと目に溢れた涙を堪えるために、スンと小さく鼻を鳴らした。

「亮二さんとフジミ青果は、空っぽだった私にキラキラした宝物みたいな気持ちをくれたんです」

それはまるで、亮二が作るコンフィチュールのような。

空っぽだった瓶に、色鮮やかなコンフィチュールが詰められて、胸がしあわせに満たされるのに似た気持ちを亮二はみのりにくれたのだ。

「だ、だからっ。そんなに簡単に、諦めろなんて言わないでください……」

みのりの言葉に、それまで強気でいた亮二が怯んだ。

息を呑み、言葉を失くしてみのりを呆然と見つめている。

「ヤドリギのときみたいに、お前らしく頑張れって言ってください！」

堪えきれなかった涙が、目の端からこぼれ落ちた。

まるで小さな子供が駄々をこねているのと同じだ。

それでもみのりは力いっぱい叫ぶと、亮二の目を真っすぐに見つめ返した。

対する亮二はそんなみのりの想いと言葉を受け止めながら、自身の鼓動の音を聞いていた。

どうしてか今、無性に胸の奥が熱い。

息が震えて、この気持ちを言葉に表すのは難しい。

いつだって無鉄砲で猪突猛進（ちょとつもうしん）。

まだまだ力不足なくせに、根性と諦めの悪さだけはいっちょ前。

ある日突然現れて、自分が過去に担当をしていた特別な思い入れのあるものを、もうひとつの思い入れのある場所に連れてきた。

まさか、ふたつが重なることになろうとは思ってもみなかったのだ。

そして亮二はそのふたつを繋げるみのりに――いつだって、心をかき乱されていた。

「す、すみません、また泣いたりして……」

手の甲で涙を拭ったみのりは、恥ずかしさから視線を下に落とした。

頬が熱い。やってしまったと反省したら、顔を上げるのが怖くなった。

「ハァ……。ほんと……お前といると、調子狂うな」

「え……？」

と、不意にそんな言葉が聞こえたと同時にみのりが顔を上げると、たった今の今までそこにいた亮二の姿が消えていた。

「おい。どこ見てる。こっちだ」

そして次の瞬間、横から頭を強い力で引き寄せられた。

一体何が起きたの――と、みのりが唖然としていると、今度は旋毛（つむじ）に亮二の呆れたような声が落ちてきた。

「……お前を見てると、昔の自分を見ているような気分になる」

「む、昔の、自分？」

「ああ。まだ、全然何もわかってないくせに言うことだけはいっちょ前で、生意気で。だけど、いつだって本気で……。だから、余計にお前のことが放っておけない」

そう言うと亮二は、今度はみのりの肩を掴んで強く抱き寄せた。

心臓は、早鐘を打つように高鳴っている。

けれどそれは亮二の鼓動の音なのか、自分のものなのか、今のみのりにはわからなかった。

「あ、あの……亮二さん……」

「そんなに言うなら、もう好きにしろ」

「え……？」

「諦めるも諦めないも、勝手にしろってことだ。お前の好きにしたらいい」

優しくて、心地の良い声だ。

亮二の腕の中でみのりが顔を上げれば、自分を真っすぐに見下ろす甘い瞳と目が合った。

（ああ、もう……）

どうしようもなく、ドキドキする。

胸の奥がたまらなくくすぐったくて、血液が沸騰したように身体が熱かった。

「あ、ありがとうございます……」

みのりは思わず頬を赤く染めて顔を逸らすと、亮二が着ているカットソーの胸元を掴んだ。

するとと亮二はフッと口端を上げて、みのりの頭に手を置いた。

「生意気だな。可愛い顔してんなよ」

「って、ちょ……っ⁉　な、何するんですか⁉」

そして亮二は、みのりの髪をグシャグシャと乱暴に撫でまわした。

突然のことに驚いたみのりは咄嗟に亮二から離れると、乱れた髪に慌てて触れて、濡れた瞳で亮二を見つめた。

「ばーか。隙がありすぎるんだよ、お前は」

「す、隙があるって……っ」

「そもそも、今の話もな。俺は、お前が俺を説得するのは無理って前提で話してるからな」

「は……はいっ⁉」

思わず素っ頓狂な声を上げたみのりを見て、亮二は悪魔のような笑みを浮かべて面白そうに喉を鳴らした。

「だから。俺はどんなに迫られても、そう簡単には、おいしいシルシに広告は出してやらないって言ってんだよ。当然だろ」

嘲笑うように言った亮二を前に、みのりは唖然としたあと、自分の頭に血が上っていくのを感じた。

「そ……っ、そんなの、やってみなきゃわからないじゃないですか！　私、今月はノルマ達成したんですから！」

「はいはい。ノルマ達成したくらいで、一人前になったと思ってるようならヤバイぞ、お前」

「な、な、な……っ。そんなこと思ってません！　まだまだ自分はこれからだって思ってますし、一人前にはほど遠いと思ってます！」

「どーだか。そんなこと言ってたらまた来月は、ノルマ達成できなかった……なんてことになるかもしれないぜ」

「は、はぁ⁉　どうしてそう嫌みばっかり言うんですか⁉　自分は、いい年して野菜嫌いなくせに……！」

「野菜嫌いですけど、何か？　別に今のところ全然困ってないから問題ない」

屁理屈をこねた亮二は腕を組んで、みのりを静かに見下ろした。

対するみのりは太ももの横で拳を握りしめ、亮二を鋭く睨むように見る。

「ぜ、絶対っ！　絶対、説得してみせます！　それで絶対、フジミ青果には広告を出してもらいますから！　私、負けませんから！」

みのりが力いっぱい叫べば、亮二はそっと優しく目を細めた。

「やれるもんならやってみろ。言っとくけどな、そう簡単には落ちないぜ。特においしいシルシは、俺が育てた情報誌だ。広告の宣伝効果は、俺自身が一番良くわかってる」

有無を言わさぬ口調で亮二が言った。

けれどその言葉に胸がざわめいたみのりは、今度は唇を尖らせて、拗ねたように亮二を見た。

「……なんだよ」

「なんか嫌です、今の」

「は？」

「おいしいシルシの、今の営業担当は私です。だから、おいしいシルシのことなら私が一番良くわかってるって言いたい。私の……大切な、相棒ですから」

真っすぐに告げられた言葉に、亮二は一瞬キョトンとして目を丸くした。

しかしすぐに喉を鳴らして破顔すると、再びみのりの頭に手をのせた。

「ほんっと、面白いやつ。いいだろう、頑張ってみろ――西富みのり」

髪を撫でる大きな手は、やっぱりとても温かい。

亮二の言葉を受け取ったみのりは顔を上げると、

「頑張ります！」

と答えて、花が咲いたように微笑んだ。

エピローグには旬の桃

「あ、西富！　お前の企画書、俺にも見せろよ」

　八月の半ばを迎えた空は、抜けるような青だった。

　デスクの前に立ち、パソコンの電源を落としたみのりは、タイミングよく現れた朝日町に呼ばれて反射的に顔を上げた。

「マサさんが、なかなか良くまとまった企画だったたって言ってたぞ」

　清潔感のあるブルーチェックの半袖シャツを身にまとった朝日町は、服装に負けず劣らずの爽やかな笑みを浮かべている。

「まだ、企画が通ったわけじゃないよ？」

「ああ。だけど、お前がかなり力を入れて準備してたの見てたしさ。それなのに、俺はまだ完成したやつ見せてもらってないし」

　スラックスのポケットに片手を入れた朝日町はスマートな出で立ちとは裏腹に、小さな子供みたいに拗ねた様子でみのりを見た。

本人も自覚しているだろうが、朝日町にこう言われて乙女心をくすぐられる女子は星の数ほどいるだろう。

(現に今も、他部署の女の子が遠目に朝日町を見てるしね……)

「そのスキルも仕事に活かすために盗みたいけど、私にはかなりハードルが高そうだよ……」

「は？」

みのりがため息をつきながらつぶやくと、朝日町は意味がわからないといったふうに首を傾げた。

「なんだよ？」

「なんでもない。企画書は……はい、これ。企画書の書き方とか、色々アドバイスしてくれてありがとね」

引き出しの中から取り出した企画書を手渡せば、朝日町は「おー、これか」とこぼして、中身に目を通し始めた。

その光景を、みのりはドキドキしながら見つめる。

——丸印出版、入社二年目。

これまではノルマに追われるばかりで、広告営業以外の仕事に身が入ることはなかった。とにかく余裕がなかったのだ。

けれど今回、初めて自らまとめ上げた、おいしいシルシの特集についての企画提案書を、昨日ようやく上司に提出できたのだ。

まだ結果がどうなるかはわからないが、企画書に目を通してくれた上司と部長の反応は上々だった。

「あー、いいじゃん。なんか、まさに雑誌の購買層が喜びそうな内容だし、もしかしたらコレ、ほんとに企画通るんじゃないか？」

「そ……そうかな⁉　朝日町にそう言われると、すごく嬉しい！」

つい瞳を輝かせたみのりを前に、朝日町は一瞬言葉を詰まらせたあと、コホンと咳払いをしてから視線を斜め下に逸らした。

そして蚊の泣くような声で「ありがとな」と言うと、読み終わった企画書をみのりに返す。

その企画書の一ページ目には、【しあわせになれるグルメ特集】と書かれていた。

その名の通り、食べたらしあわせな気持ちになれるグルメや、それを販売する店舗、そこに集まる人々の心温まるエピソードを紹介する企画だ。

「私、営業としてはまだまだだけど、これからはおいしいシルシを手に取ってくれた人に喜んでもらえる企画も考えられたらいいなと思ってるんだ」

「……そっか」

「うん。それで……できれば、おいしいシルシが扱う店舗にも、広告や記事を載せて良かったって思ってもらいたい。私、これからは関わってくれた人が、〝しあわせ〟な気持ちになるような雑誌作りをしていきたいと思ってる」

その思いを目一杯詰め込んだのが、今回練り上げた企画だ。

宝物を抱え込むように胸に企画書を抱いたみのりは、そっと睫毛を伏せるとやわらかに微笑んだ。

「だから、まずはこれがその第一歩になったらいいなと思うよ」

その言葉を聞いた朝日町の胸の鼓動が小さく跳ねる。

朝日町は自分の心臓の音に気が付くと、精いっぱい誤魔化すように咳払いをしてから、前髪をそっとかき上げた。

「あの、さ、西富」

「うん？」

「前にも聞いたけどさ。お前と善行さんって、ほんとにただの親戚なの？」

不意に脈絡（みゃくらく）のない質問を投げかけられたみのりは、驚いて目を見張った。

思い出すのは数週間前――酔い潰れて善行こと亮二に保護されたときのことだ。

あの日の翌日も、みのりは電話口で今と同じ質問を朝日町にされたのだ。

そのときみのりは、最終的に亮二とふたりで口裏を合わせた内容を朝日町に伝えた。

『俺とお前は、本当は遠い親戚だった。でも、お前はそのことを今日まで知らなかった』

そういうことにしておかないと、何故、亮二がみのりを連れ帰ったのか……ということの説明がつかない。

まさか、亮二が副業禁止の丸印出版の社員でありながらフジミ青果を切り盛りしていて、そこでふたりが偶然出会ったなどとは、口が裂けても言えないからだ。

(もしも亮二さんの秘密がバレたら、フジミ青果を畳まなきゃいけなくなるかもしれないしね)

そうなれば当然、亮二をギャフンと言わせてフジミ青果の広告をおいしいシルシに載せるという目標は泡と消える。

だから今は、亮二とフジミ青果のこと、そしてみのりと亮二の関係は、ふたりだけの秘密として守り続ける必要があった。

「なぁ、西富。どうなんだよ?」

「も、もちろん。前にも話した通りだよ。私も聞いたときにはビックリしたけど、まさか亮――じゃなくて、善行さんと親戚だったなんて。ほんと、世間って狭いよねぇ、アハハハ……」

みのりがぎこちなく笑えば、朝日町は前回と同様に訝しげにみのりを見た。

「じゃあ……ほんとに、ふたりは親戚なんだな?」

「も、もうっ。だから、そうだって言ってるじゃん。どうしたの、朝日町？　もしかして、私と善行さんが親戚だと仕事がやりにくくなっちゃうとか？」

冗談交じりにみのりが言えば、朝日町は「別に」とこぼして目を逸らした。

「そんなんじゃないけど。俺はただ……善行さんは、さすがに強敵過ぎると思っただけで」

「え？」

囁くように口にされた言葉は、みのりにはハッキリと聞き取ることができなかった。

「ごめん、朝日町。今なんて――」

そのときだ。デスクの上に置いてあった携帯電話が震えて、みのりは思わず言葉を止めた。

慌てて携帯を手に取って、届いたばかりのメッセージを確認する。

するとみのりはそこに書いてある内容を見て、とてもやわらかに顔を綻ばせた。

「なぁ、西富。もし予定空いてれば、今週末、どっか遊びに行かないか？」

「――ごめん。今週末は、他の予定があって無理かも」

「そ……そうか」

「うん。企画書、手伝ってもらったお礼だよね？　それはまた、必ずどこかでさせてもらうから！」

そこまで言うとみのりは、鞄の中に用意していた企画書とおいしいシルシを入れて、顔を上げた。

続いて、ぽん、と朝日町の肩を叩く。

「じゃあ、これから外で打ち合わせだから行ってくるね。朝日町も、仕事、頑張ってね！」

「お……おお」

「いってきます！」

威勢のよい声が、部署内に響いた。

颯爽と廊下を歩くみのりの足取りは、弾むように軽かった。

「メッセージで言ってた新作って、これですか!?」

週末、フジミ青果の台所に、みのりの明るく弾んだ声が響く。

逆さにされて並んでいた瓶のひとつを手に取った亮二は口端を上げて笑うと、それをみのりに手渡した。

「今が旬の、桃のコンフィチュールだ。今年は皮ごと煮てやった」

相変わらず横暴な言い方だ。

反対に手渡された瓶の中身は、繊細かつ、綺麗なピンク色に色づいていた。

部屋の中にも桃の甘い香りが漂っていて、深呼吸をするだけで心が幸福感に満たされる。

「こんなふうに、皮ごとコンフィチュールにできるんですね」

「ああ、皮と一緒に煮ることで綺麗な色が出るし、素材を無駄にすることもなくなるしな」

そっと瓶を掲げれば、瓶の中のコンフィチュールがキラキラと輝いた。

「すごく綺麗……」

「これは甘さが十分じゃない桃や、傷ものの桃を使って作ったんだ」

「え？」

「もちろん商品として売る以上、傷の入った部分は削ぎ落としてるけどな。だけど、単品では商品棚に並べられないものだって、コンフィチュールにすれば商品になる桃よりも長くおいしく、楽しむことができる」

みのりが掲げたコンフィチュールを眩しそうに眺めながら言った亮二は、とても優しく微笑んだ。

「……力不足なところがあっても、やり方次第では化けるってことですね」

「まぁ、そんなところだ」

下ろした瓶をそっと両手で包み込んだみのりは、宝物を抱いたようにそれを見て、口元を緩める。

たっぷりの果肉と、あふれ出した果汁が瓶の中に目一杯詰まっていた。

「桃のコンフィチュール……めちゃくちゃおいしそうですね」

みのりが思ったことを素直に口にすれば、亮二はフッと息をこぼしていたずらに笑った。

「俺が作ったんだから、美味いに決まってるだろ」

「もう。なんでそういう言い方しかできないんですか？」

堂々と言った亮二を前に、みのりは呆れたように息を吐いた。

対する亮二は、「本当のことなんだから仕方ない」と、悪びれる様子もなく口端を上げるだけだ。

それがなんだかおかしくて、自然とみのりの顔も綻んでいた。

「まぁでも、おいしいに決まってるってところは否定できないですけどね」

「お前って、ほんと面白いやつだな」

再び、亮二が喉を鳴らして笑った。

窓から差し込む日の光はみのりの手の中の瓶を優しく照らして、キラキラと眩しい輝きをまとわせた。

「……もう。〝お前〟じゃなくて、また名前で呼んでくれたらいいのに」

「うん？」

「別に……なんてことない独り言です」

肩と肩が触れ合う距離が、くすぐったい。

てのひらに収まる小さな瓶の中には、色とりどりの〝しあわせ〟が詰まっているように見えた。

――ここは、湘南・藤沢。

野菜嫌いの店主が営む青果店で、知る人ぞ知るコンフィチュール専門店だ。

「あと少し、俺に近づけたら呼んでやるよ――みのり」

空は快晴。

ここにある『しあわせ』は、小さいけれど綺麗で甘くて、ときどきイジワルで……。

いつだって、自然と笑顔がこぼれるくらい、とってもおいしい。

番外編　恋とよく似た丸いスイカ

「ほら、もうそろそろ涙を拭きな」

太陽が肌を小麦色に焼き始めた七月の初旬。

テレビでは『記録的猛暑日』なんて言葉が、連日のように繰り返されている。

――ここは藤沢、本鵠沼駅近くの住宅街の一角に佇む青果店、フジミ青果だ。

店舗を切り盛りしているのは店主の人志と、その妻の康代で、ふたりの孫である〝小学三年生の亮二〟は今、小さな肩を震わせていた。

「きょ、今日は、さ……。給食で、茹で野菜が出たんだ。それで俺、また食べられなくて、給食を残しちゃって……」

涙の理由を、亮二が人志と康代に語る。野菜嫌いの亮二は給食が苦手で、以前からそのことをクラスの一部の男子にからかわれていた。

「〝お前んちのじいちゃんとばあちゃんが売ってる野菜がマズイから、お前も野菜が食べられなくなったんだろ〟って言われて……。俺が野菜を食べられないせいで、フジミ青果のことまで悪く言われて、悔しくて……っ」

　涙をこぼす亮二を前に、人志と康代は小さく息を吐いてから互いに顔を見合わせた。

「そうか。話してくれて、ありがとな。亮二は自分だけじゃなくて、じいちゃんとばあちゃんがバカにされたことが悲しかったんだな」

「うん……っ」

「なぁ、亮二。人の痛みがわかる人間ってのは、強えんだぞ。お前は苦手なものを前に苦しんでいる人を見たら、バカにして笑うんじゃなくて、一緒にどうすればいいかを考えてやれる人間になれ」

　そうすれば今日の悔しい想いも、亮二にとっては大きな経験のひとつになる——。

　そこまで言うと人志は粋な笑みを浮かべ、大きな手で亮二の頭を優しく撫でた。

「でもな、亮二。お前が食べ残した野菜を作った農家さんがいることも、忘れたらダメだぞ」

「……うん。ちゃんと、わかってる」

　念を押すように告げられた言葉に力強く頷いた亮二は、拳を強く握ったまま、目に滲んだ涙を拭った。

「さぁ、亮二。そしたら今日はこれから、ばあちゃんの手伝いをしておくれ！」

　湿った空気を払うように、パン！と手を鳴らしたのは康代だ。

「ばあちゃんの手伝い？」

「そうだよ。ほら、一緒に台所に行くよ」

康代に急かされて家の中に消えていく亮二の背中を、店先に立っている人志は眩しそうに見つめていた。

「それで、手伝いって、何をすればいいの？」

フジミ青果の店舗と繋がっている住居の台所に移動した亮二が、康代に尋ねた。

「亮二には、今からこれの種取りをしてもらう」

「これ……って、スイカ？」

「そう。さぁ、始めるよ」

康代が、とても立派なスイカをダイニングテーブルの上にドン！と置く。

表面はつるんと光っていて、緑と黒の独特な縞模様が実に夏らしい。

康代は包丁を手に持つと、それをまな板の上で見事に真っ二つにしてみせた。

そして慣れた手つきで均等に切り分けていき、スイカの大体半分の量を皿に取り分け、亮二の前に差し出した。

「フォークで種を取ったら、スイカの果肉だけをスプーンですくって、こっちのボールに移しておくれ」

今度はテーブルの上に、ステンレスのボールと、取り出した種を避ける用の小皿が置かれる。亮二は手元のスイカとそれらを交互に見たあと、残りのスイカにラップをしている康代へと目を向けた。

「これ、なんで種を全部取るの？」

「種があったら、コンフィチュールにしたときに食べにくいだろう」

――コンフィチュール。

それは野菜が食べられない亮二のために、康代が作り始めたものだ。

これまでも康代は亮二がこの世で一番嫌いな野菜であるトマトや、玉ねぎ、定番の果物などを使って、コンフィチュールを作ってきた。

「でも、ばあちゃん。俺、スイカはコンフィチュールにしなくたって、食べられるよ」

「知ってるよ。けど、今日のおやつにはスイカのコンフィチュールが必要なんだよ」

「今日のおやつに、スイカのコンフィチュールが必要？」

亮二は首を傾げたが、康代はそれ以上多くは語らずに、「さぁ、とにかく手を動かしな」と、亮二の手元を指さした。

結局、亮二は康代の指示に従い、スイカの種を渋々、取り除き始めた。お皿の上でスイカを分解し、種を避け、言われたとおりに果肉をステンレスのボールに移していく。

「ばあちゃん、全部できたよ」

大体、十五分くらいだろうか。

結果として時間も忘れてスイカの種取りに集中していた亮二は、自分が種を取り除いたスイカの赤々とした果肉を見ながら、達成感に満ち溢れた顔をした。

さっきまでの泣き顔が嘘のようだ。どこか誇らしげにも見える亮二の表情を見た康代は小さく笑うと、ステンレスのボールに入ったスイカの果肉を、亮二の手から受け取った。

そして、果肉をマッシャーで潰していく。さらに砂糖とレモン汁を加え、手際よく混ぜ合わせた。

「これ、いつもみたいに鍋でグツグツ煮るの？」

「ああ。本当はこのまま一時間くらい置いておきたいところだけど、今日はその時間を省いて作ろうかね」

そうして康代は宣言通り、砂糖とレモン汁を加えたスイカを、使い慣れたホーロー鍋に移した。

火をつけ、焦げないように木べらでかき混ぜつつ、出てくる灰汁を丁寧に取り除く。

そのまま約三十分、水分を飛ばすように煮つめたら、スイカのコンフィチュールの完成だ。

煮沸消毒された瓶に、スイカのコンフィチュールが詰められていく。

亮二は目を輝かせながら、綺麗な赤がぎっしり詰まった瓶を眺めた。

　これを作るために自分も一役買ったのだと思うと、誇らしい気持ちになる。

「それでっ!?　ばあちゃん、これ、どうやっておやつに使うの!?」

「ふふっ、それはね――……」

「さて、今日はこれから、かき氷を作るぞ」

「か、かき氷……ですか？」

　太陽が肌を小麦色に焼く八月の終わり。

　フジミ青果にみのりを呼び出した亮二は、台所に立つなりそう言ってみのりを驚かせた。

「かき氷って……あの、かき氷ですか？」

「かき氷は、かき氷でしかないだろう。というわけで、まずはこれだ」

「家庭用のかき氷機……。子供の頃ぶりに見ました」

　困惑するみのりを前に、亮二は手際よく準備を進めていく。

「まず、ここに氷をセットする。そして下にガラスの器を置いて、氷を削っていく」

　そのまま亮二はハンドルを回してガリガリと氷を削り、あっという間にかき氷を二皿分作った。

「これで、よし、と」

ふと隣に目を向ければ、相変わらずみのりが戸惑いを浮かべた表情で、出来上がった氷の山を見ていた。

今日は戦闘服のスーツではなく、赤いマキシワンピースを着ている。いつもと少し雰囲気が違って見えるのは、夏という心を焦がす季節のせいだろうか。

「それで、シロップはどこにあるんですか？」

「……ん？　あ、ああ……。シロップか。いや、かき氷用のシロップは、ここにはない」

「え？　でもシロップがないと、かき氷はおいしく食べられないですよね？」

反射的にみのりから目を逸らした亮二は、氷のせいで濡れた手をキュッと握りしめた。

「バカ。うちでシロップの代わりになるものなんて、ひとつだろ」

「シロップの代わり……」

「コンフィチュールだよ」

「あ……」

「ってことで、今日はスイカのコンフィチュールをかき氷にかける」

亮二はみのりに背を向けると、冷蔵庫に歩を進めた。そして中から大ぶりの瓶を取り出した。

瓶の中には鮮やかな赤がギッシリと詰まっている。亮二はそれをみのりが待つダイニングテーブルの上に置くと、今度は大きめのスプーンを用意し、みのりに差し出した。

「ほら、このスプーンで好きなだけかけていいぞ」

スプーンを亮二から受け取ったみのりは、ようやくすべてを理解したのか、瞳をキラキラと輝かせた。

「こ、これ……。本当に、好きなだけかけてよろしいんですか？」

「ああ、よろしいぞ。お前だけ……特別に、許してやる」

ごく自然に口から言葉が出ていた。

亮二はすぐに自分が口を滑らせたと焦ったが、当のみのりはかき氷とスイカのコンフィチュールに夢中で、まるで気にしている様子はない。

「じゃあ、お言葉に甘えて好きなだけかけさせていただきます！」

もう、みのりの頭の中は目の前にあるかき氷とコンフィチュールのことでいっぱいだ。

亮二は素直なみのりが可愛く思えて、自分でも気づかぬうちに口元を綻ばせていた。

みのりがスプーンを使って、瓶の中のスイカのコンフィチュールを豪快にすくう。

銀色のスプーンの上では、綺麗な赤色が光っていた。

「はぁ……。相変わらず、しあわせな香りがする……」

みのりはすくい上げたスイカのコンフィチュールを、削られたばかりの氷の上にかけた。

とろりとした赤が、白い氷の山を流れ落ちる。

みのりはそのまま贅沢に、二回、三回とコンフィチュールをすくってかけると、完成したかき氷を見て感嘆のため息をもらした。

「ヤバイです。この夏一番、罪深い食べ物ができてしまいました……」

「なんだよそれ」

今度こそ亮二はわかりやすく破顔する。

器をそっと持ち上げて、完成したかき氷をまじまじと眺めるみのりを見ていたら、無性に髪を撫でたくなった。

「……ほら、溶ける前にそっちで食べろよ」

「そっち？」

「縁側。かき氷を食べるんなら、それなりの風情もいるだろ？」

亮二は衝動を理性で抑え、小さめのスプーンをみのりに持たせると、居間にある縁側を顎でさした。

目を向けた先には、緑の木々が植わった庭に続く小さな縁側がある。

亮二は自身のかき氷にもスイカのコンフィチュールをかけると、それを持ってみのりとふたりで縁側に移動した。

網戸を開ければ、夏の日差しが木々の間を縫って足元に落ちているのが見える。

縁側に腰かけ、ふたりで沓脱石（くつぬぎいし）の上に置かれたサンダルの上に足をおろせば、当たり前のように肩と肩が触れ合った。

「ほら、早く食べないと溶けてなくなるぞ」

「あ……。は、はい、いただきます！」

みのりの頬は赤く色づいていたが、今、それに触れるのは野暮な気がして亮二は気づかないふりをした。代わりにスプーンを手にしたみのりを、隣で静かに眺める。

「んん〜〜〜っ！」

と、口の中にかき氷を入れた瞬間、みのりがキュウッと両目をつむって大きく唸った。

「これ、さっぱりしてておいしいです！」

満面の笑みを浮かべたみのりがこちらを向く。

亮二はこの無邪気な笑顔を見るたびに、みのりを無性に抱きしめたくなる——というのは、本人的には素直に認めたくない感情だった。

「ほら、亮二さんも早く食べてください！」

「わかったって。そう急かすなよ」

スプーンを手に取ると、亮二も一口かき氷を頬張った。

口の中に入れた瞬間、スイカの仄（ほの）かな甘みとかき氷の冷たさが広がる。

みずみずしいスイカの個性は残しつつ、とろりとした口当たりはスイカとは別物にも感じられて、亮二はとても懐かしい気持ちになった。

「……久々に食べたけど、やっぱ美味いな」

「あの……もしかして小さい頃にもここで、このかき氷を食べた、とかですか？」

「え？」

「いえ、あの……。間違っていたら恥ずかしいんですけど、今、亮二さんが、なんだかすごく優しい顔をしていたので。もしかしたら、フジミ青果での大切な記憶を、思い出しているのかなって思って」

思いもよらぬ指摘を受けた亮二は、つい目を見開いて固まった。

みのりは普段は鈍感で、抜けていて、どこか頼りなさげに感じることが多いのに、時々こうして相手をハッとさせるようなことを言う。

そして亮二はそんなみのりに、いつの間にか心を許し始めていた。

丸印出版、メディマ部のエース・善行亮二としてではなく、ただの男として、みのりを見守っていきたいと――そんな風に、考え始めていた。

「……ヤバイ、夏の暑さにやられたかも」

「えっ⁉　だ、大丈夫ですか⁉」

かき氷を横に置いた亮二は、膝から下を投げ出したまま、縁側にゴロンと寝転がった。

そんな亮二を、みのりは心配そうに見ている。

亮二は今度こそ衝動のままにみのりの腕を掴んで引き寄せようとして――既のところで

手を止め、その手を自身の顔の上に置いた。

「あの、亮二さん……？　本当に大丈夫ですか？」

「大丈夫じゃないかもしれない」

「ええええ……。相当、お疲れですか？」

持っていた器を横に置いたみのりの手が、亮二の腕に触れた。

かき氷の冷たさが宿る指が、ひんやりとして気持ちいい。

亮二は自分を見つめるみのりに目を向けると、その目をそっと意味ありげに細めた。

「今、疲れてるって言ったら、お前が俺を癒してくれんの？」

「へ？」

「……なんてな。ああ、ほんと、今年の夏が暑すぎるせいで頭がやられたわ」

クラクラする。だけど不思議と嫌な気はしなくて、なんとなく心地が良かった。

「あの……亮二さん？」

「って言うか今日、お前、スイカコーデだよな」

「え？」

「赤いワンピースに黒い石のついたピアス。たしか、さしてきた日傘は深緑色だったろ」

「い、言われてみれば、たしかに……」

みのりが自分の服装を見て、絶望した顔をする。その顔を見た亮二は思わず吹き出すと、寝転がったままでみのりのほうへと身体を向けた。

「ハハッ。お前自身がスイカだな」

「な……っ。女性に対してお前はスイカだって言うなんて、デリカシーがないどころか、失礼にもほどがあります！」

「まぁ、言われてみれば、そうか。悪かった。でも俺、スイカは野菜の中で唯一、好きだって言えるものなんだけど」

「………え？」

「自ら好んで食べられる、唯一の野菜。まぁスイカは野菜っていうか、果実的野菜と言ったほうが正しいか……」

と、そこまで言った亮二はハッとして言葉を止めた。

隣のみのりはスイカのように顔を赤く染め、驚いた表情で固まっている。

「い、いや……。今のは別に、深い意味があって言ったわけじゃないぞ！」

「わ……わかってます！　ス、スイカって、そのまま食べてもおいしいですもんね！」

夏風が、木々を優しく揺らした。

まだ口の中にはスイカの甘さが残っている。

ふたりの間を流れる時間も甘酸っぱくて、取れそうで取れないスイカの種のようにもどかしい。

「でも……私は、亮二さんが作ったスイカのコンフィチュールもおいしくて大好きです」

そのとき、懐かしいあの日を思い起こさせる、柔らかな声が鼓膜を揺らした。

ふと隣を見れば相変わらず頬を赤く染め、穏やかに微笑むみのりがいる。

「……今日のは少し、甘すぎたかもな」

亮二の耳にも、スイカのような赤がさした。

ふたりで過ごすしあわせな季節が、またひとつ、巡っていく。

fin.

あとがき

このたびは『キライが好きになる魔法　湘南しあわせコンフィチュール』を、お手に取ってくださり、ありがとうございます。作者の、小春りんと申します。

今回のお話は約数年前、初めて義実家のサブ冷蔵庫の中を見たことから着想を得て書き上げました。お義母さんは無類のパン好きで、パンのお供にジャムを手作りして楽しむ人でした。メイン冷蔵庫の隣に置かれたサブ冷蔵庫には、ジャムがぎっしりと詰まっていて、初めて見たときにはとても驚きました。

そのとき、お義母さんに、「ちょっと傷みそうな果物とか野菜も、ジャムにしちゃえばなんでもおいしく長持ちするからね」と言われたことが強く印象に残り、いつかその言葉を元にしたお話を書きたいと思ったのです。

そして物語とする上で、ジャムよりももう少し何か色をつけたい……と考えたときに辿り着いたのが、コンフィチュールでした。

野菜嫌いな亮二が営むコンフィチュール専門店。ノルマに追われて日々に疲れていたみのりは、そんな亮二とフジミ青果に出会うことで心救われました。

私は〝しあわせ〟は、日常の、ほんの些細な瞬間に隠れていると思っています。

日常の些細な瞬間から着想を得て、みのりと亮二、そしてふたりを囲む人々の些細な日常を描いたこの物語が、読者さんをほんの少しでもしあわせな気持ちにすることができていたら、私もとてもしあわせです。


最後になりましたが、素敵な表紙を描いてくださった鳥羽雨さん、デザイナーさん、担当編集様、携わってくださったすべての皆様。そして今日まで支えてくださった、たくさんの読者様に心から感謝いたします。


貴方とこうして、繋がることができたことに。

そしてこれからも貴方の周りに、笑顔が溢れますよう。

精一杯の感謝と、愛を込めて。

二〇二二年十月　小春りん

ことのは文庫

キライが好きになる魔法
湘南しあわせコンフィチュール

2022年10月27日　初版発行

著者　小春りん
発行人　子安喜美子
編集　尾中麻由果
印刷所　株式会社広済堂ネクスト
発行　株式会社マイクロマガジン社
URL：https://micromagazine.co.jp/
〒104-0041
東京都中央区新富1-3-7 ヨドコウビル
TEL.03-3206-1641 FAX.03-3551-1208（販売部）
TEL.03-3551-9563 FAX.03-3551-9565（編集部）

本書は、小説投稿サイト「エブリスタ」(https://estar.jp/)に掲載されていた作品を、加筆・修正の上、書籍化したものです。
定価はカバーに印刷されています。

ISBN978-4-86716-348-1　C0193
乱丁、落丁本はお取り替えいたします。